Chinese Network Art & Literature
Criticism Series

中国网络文艺批评丛书

网络文学批评

范　周◎主　　编

王青亦◎执行主编

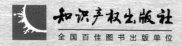 知识产权出版社

全国百佳图书出版单位

图书在版编目（CIP）数据

网络文学批评 / 范周主编 . —北京：知识产权出版社，2019.1
ISBN 978-7-5130-5966-4

Ⅰ.①网… Ⅱ.①范… Ⅲ.①网络文学—文学评论—中国 Ⅳ.① I207.999

中国版本图书馆 CIP 数据核字（2018）第 273686 号

内容提要

随着互联网技术的发展，文学形态与文学生活都发生了巨大的变化，网络文学已成为具有高点击率的大众文学读物。加强对网络文学作品的具体研究，才能获得读者，进而影响读者，并对社会产生积极的影响。本书既有对网络文学史的综述，又有对网络小说本体、题材和文化指向上的研究，更有对人工智能环境下的网络文学内容生产的研究等。这些研究成果观点鲜明、例证翔实，并且充满青年学者的锐气。

责任编辑：李石华　　　　　　　　责任印制：孙婷婷

网络文学批评
WANGLUO WENXUE PIPING

范　周　主　　编

王青亦　执行主编

出版发行：知识产权出版社有限责任公司　　网　　址：http：//www.ipph.cn
　　　　　　　　　　　　　　　　　　　　　　　　　　　http：//www.laichushu.com
电　　话：010-82004826
社　　址：北京市海淀区气象路 50 号院　　邮　　编：100081
责编电话：010-82000860 转 8072　　　　责编邮箱：lishihua@cnipr.com
发行电话：010-82000860 转 8101　　　　发行传真：010-82000893
印　　刷：北京中献拓方科技发展有限公司　经　　销：各大网上书店、新华书店及相关专业书店
开　　本：720mm×1000mm　1/16　　　　印　　张：13
版　　次：2019 年 1 月第 1 版　　　　　　印　　次：2019 年 1 月第 1 次印刷
字　　数：170 千字　　　　　　　　　　　定　　价：45.00 元

ISBN 978-7-5130-5966-4

◎ 序 言

随着互联网和信息技术的深入发展，党和政府对于网络文艺的关注和重视，网络文艺的发展呈现出新的特征。第一，网络文艺消费的规模不断扩大，网络已经成为人们文艺欣赏和消费的主要途径。根据2017年经济数据，我国的国内生产总值已经突破了80万亿元的大关，文化产业作为国民经济的支柱性产业的总额，已稳稳站在了4万亿元的上方。而在这4万亿元的体量中，2189.6亿元的网络游戏则直接占据了5%的份额，而以网络游戏、网络动漫、网络视听为主的网络文艺，更是以5000亿元左右的规模占据了我国整个文化产业当中高达13%左右的比例。第二，网络文艺与其他文化产业的融合发展迅速。以网络文学为例，一些广受好评的文艺作品如《微微一笑很倾城》《三生三世十里桃花》等，都成功地带动了出版、影视、动漫、游戏等相关产业的发展，引领了创作与产业融合、传统与当下融合的新模式。第三，网络文艺IP开发成为热点，粉丝经济助力IP全产业链开发。2017年网络文艺各领域的优质IP呈现爆发之势，从文学IP《微微一笑很倾城》、音乐IP《同桌的你》，到游戏IP《王者荣耀》、动漫IP《秦时明月》，优质IP保证了粉丝黏性，为IP在不同维度、不同产业的运作奠定了基础。第四，网络文艺促进了商业"生态圈"的构建。近日，腾讯音乐赴美递交招股书受到业界的广泛关注，作为一个"一站式"音乐娱乐平台，打破了国外在线音乐平台以"会员付费和数字专辑"为主的盈利模式，打通会员付费＋数字专辑＋直播打赏＋音乐社交的多维度的变现渠道，不断地重塑着音乐生态圈。

但是与网络文艺的繁荣发展相比，网络文艺批评的发展却相对薄弱，处于碎片和杂乱状态，缺少优质的批评，有质量的批评也没有得到广泛的认同，这些都导致了网络文艺作品泥沙俱下，缺乏优质和经典之作，甚至出现没有底线、弘扬错误价值观的低俗作品。究其原因，首先，我认为与互联网逐利、嘈杂、纷乱的环境有关。这是批评集体的功利性心态。比如，微博、微信等新媒体平台上的电影评论背后都有追逐经济利益的动机，大量网络水军甚至专业影评推手的存在对舆论和票房有着强大的影响，这值得我们警惕和反思。其次，信息爆炸，淹没了理性的声音。网络文艺批评主体的大众化导致批评的感性化，缺乏理性精神。大多数文艺批评者凭着自己的喜好任意地、片面地进行评判，使得文艺批评水平参差不齐、良莠不一。而网友随意的跟帖式批评也让理性的中肯批评意见淹没在众多感性认识之中。再次，缺乏良好的网络文艺批评环境。网络时代，批评变得更加简单，却也更加情绪化，缺少理性的讨论和批评，网络环境的嘈杂不再适合传统的批评。同时，批评者们大多充满戾气，这是整个社会浮躁的环境所致。这些乱象可能和网络出现的时间比较短还没有建立一个成熟的讨论环境和机制有关。批评需要一个客观和理性的环境，营造这样的环境并不容易。环境最终导致批评无法继续，这对网络文艺创作者和受众来说都会产生负面影响。文艺缺少客观的批评，缺少理念的争锋和交融，就难以形成共识，形成一个普遍的标准，对于文艺创作来说就无法提供更好的引导。

当然，网络文艺与传统文艺相比，具有许多新的特征，这就要求批评家、评论员们走出学术的"象牙塔"，深入了解互联网技术、互联网思维、互联网话语体系以及互联网用户，从而进行网络文艺批评。一要坚持文本上的技术美学和生活美学并重。许多著名文艺批评家在学术和理论上根基扎实，但是在面对网络文艺批评这一新兴问题时显得力不从心，文本也无法吸引人们的关注，最根本的原因是他们没有意识到网络文艺作品与传统文艺作品之间存在的差异。网络文艺相比于传统文艺具有技术美学和生活美学双重属性，因此在形成文艺批评的文本时要从这两个方面出发。二要关注叙事模式的变化，从学术理论到互联网话语的转变。现在针对网络文艺作品的批评还依然集中在各大纸质媒体上。一方面，由于传播渠道的问题，与互联网受众之间存在信息壁垒，所以停留在"自说自话"的阶段。另一方面，因为传统的文艺批评学理性较强，文字相对晦涩难懂，不符合"网生一代"的阅读习惯，这些都导致了网络文艺批评无法实现真正的大众化。可见，相比于传统的文艺批评，网络文艺批评的叙事模式发生了局部变异，这也要求网络批评家和评论员对这样的变化及其内在规律要有深刻的认知。三要关注受众的变化，全面走近"网生一代"。网络文艺批评的受众主要是广大的网民，因此要求批评家们全面走近互联网一族，了解他们的生存状况、消费习惯、消费心理以及信息传播和接收方式，尤其是要了解"90后"和"00后"这些"网生一代"，他们是目前和未来的网络文艺作品的主要受众和消费者。最后要注重专业网络文艺批评人才的培养。目前，我国网络文艺批评的人才队伍呈现"小、少、散、杂"的特点，没有能够培养和集聚一批专业的网络文艺批评专家，因此无法建立健全完善的相关话语体系和理论体系。一方面，主要是因为在人才队伍的锻造和培养方面没有给予足够的重视和支持。另一方面，我们不缺少文艺批评家，但缺少有互联网基因的文艺批评家。网络文艺与传统文艺存在较大差异，网络文艺批评需要借鉴传统批评理论但不照搬照抄。需要在对网络文艺现象进行深刻理解后，在传统文艺批评理论的基础上形成自己独特的理论体系。比如，传统的文艺批评的相关理论主要来源于哲学、美学、伦理学等领域。但是相比于传统文艺，网络文艺的题材和内容十分丰富，如近年来出现并引起广泛关注的玄幻、科幻、悬疑等文艺作品题材，单纯依靠原有的理论和思维方式无法产生优质的批评，这也要求网络文艺批评要根据现实情况形成自己的理论体系。

今天的文艺批评不缺少赞美的声音，缺少的是有价值、有针对性的高质量的批评。批评界说好话唱赞歌的人太多，而有责任、有担当的批评却少之又少。如果只有赞美没有挑剔，就谈不上真正的批评，批评就注定不能讨好。如果只做讨好的事，那批评就变成了一种广告，好的批评可以成为宣传的途径，但现在的批评却大多是为了宣传而批评，真正提出问题的批评寥寥可数。诚实和真诚是批评家在从事批评实践时所应当具备的基本素质，失去了这样的素质，就会颠倒是非黑白，失掉底线。

"文艺批评是文艺创作的一面镜子、一剂良药，是引导创作、多出精品、提高审美、引领风尚的重要力量。"习近平总书记这一深刻阐述和精辟论述有力地揭示了文艺批评所要承担的时代责任。网络文艺批评将迎来持续发展的浪潮，作为新时代的网络文艺评论家，应该既有传统的文艺批评理论基础，又有互联网的基因。既像一个活泼的网络原住民，敏锐捕捉兴起于网络的审美新风尚，又像一个严谨的理论学者，揭示网络文艺作品背后的问题和本质，从而为网络文艺的健康发展打开一片更广阔的空间。

　　是为序。

中国传媒大学文化发展研究院院长

2018 年 11 月

◎ 目 录

第一章　网络文学研究 20 年

河南社会科学院文学所　郭海荣

网络文学自从 1998 年开始至今，已经发展了整整二十个年头，并从星火长成燎原之势，与之对应的是，在网络文学萌芽期，就有敏锐的学者发现这一新生文学变量，并加以追踪。网络文学研究以网络文学的发展变化为基础，到目前为止，网络文学大约历经了三个大的发展阶段，而网络文学研究也随之出现四个阶段的变化。

一、网络文学研究的发端期（1997—1999 年）

网络文学的发展比较公认为以 1998 年为发端，网络文学研究也几乎同步进行，但是由于国内网络文学发展与海外相比稍慢了半拍，有些敏锐的学者早就意识到网络这一新生传播途径必将给文学艺术带来的巨大变革，所以早在 1997 年，厦门大学的黄鸣奋就开始从电脑文艺的角度对包括文学在内的文艺形态进行观察。发表于1997年《厦门大学学报》第4期的《电脑艺术刍议》是中国学术界对网络文学的第一次发声。作者敏锐地意识到信息时代的到来使"社会生活的各个领域，都强烈地感受到它的冲击"。计算机提供了新的艺术需求，因为"艺术的发展，必须有一定的社会需求作为动力。计算机的应用与普及，在社会上形成了对于艺术的新需求，从而对艺术创造性的发挥起激励作用"。从新的技术升级必然催生新的文学文艺样式出发，探讨了技术与文学文艺的关系。《后现代文学的斑马线——从一部网络小说谈起》认为"网络社会正在以势不可挡的速度涌入人们的基本生活，大有欲与人类文明几千年来的'现实社会'作分庭抗礼之意"，一个新的时代即将到来，而"一个大时代的到来总伴随着文化、生活、艺术、宗教等各个领域对传统社会的叛逆与反抗。在网络社会中，处处可以体察到汹涌澎湃的'后现代'的浪潮与气息。自近代确立起来的种种权威、制度以及规范都被尽数摒弃，'怎么都行'（费耶阿本德语）成了网络社会的核心精神"。此后随着以《第一次亲密接触》为代表的第一批网络红文的影响不断扩大，部分评论者开始对这一文学现象进行关注，但人们普遍将之视为与武侠小说、言情小说同类的通俗文学读物，虽然民间已经开始以一种狂欢的热情拥抱网络文学，但学术界却相对安静，网络文学研究还没有真正进入评论家的视野。这一时期在知网以"网络文学"为关键词可以搜到报纸文章2篇，期刊文章54篇，其中12篇文章发表在社科类专业期刊，42篇在科技信息类期刊上发表。从内容上看，这一时期期刊文章半数以上着眼于对这一新生事物的介绍推广，专业评论文章占比较少，且多从网络与文艺发展的关系入手，网络与文学间深层联系仅占其中一小部分内容，研究者对网络文学的研究还相当粗浅，研究者更多地将网络文学作为一种文学现象来进行研究，"挑战传统""观念更新""困惑""出路""可能性"等成为这一时期评论文章最常见的词语。

通过比较可以看出，这一时期学者对网络文学研究的重视程度远远不够。当然，网络文学质量不高使学者研究兴趣不佳也是个不争的事实。此外，主流研究者多对这类傻白甜的网络小说不感兴趣，大多没有或较少接触此类作品，再加上网络小说已经露出无限延长的特点，一部作品数百万字屡见不鲜，要想做出一些研究，对阅读量的要求十分巨大。再没有兴趣作为支撑，这份前期准备工作就足以消耗掉许多学者对它的研究热情。因而在相当长的一段时间内，网络小说研究所提到的仍然是李寻欢等人的几部作品，尽管网络文学已经出现了较大改变，研究者受阅读经验和阅读精力的制约，也很难捕捉到它的内在变化。

二、网络文学研究的生长期（2000—2007 年）

2000 年网络文学研究出现了明显变化，评论文章数量和质量有了大幅提高。全年发表期刊论文 158 篇，报纸文章 47 篇，远超此前总和，发表论文的刊物也从科技信息类刊为主转为社科类专业期刊为主。此后网络文学研究的专业论文数量一路走高，研究也逐渐深入。2004 年 6 月，首届"网络文学与数字文化"学术研讨会在长沙举行，这是第一次以网络命名的专门学术研讨会。2004 年中国文联出版社出版的"网络文学教授论丛"是学界第一套研究网络文学基础理论的丛书，这套丛书对网络文学的本体、叙事、批评、禅意、视野等进行了深入研究，"通过对网络传播媒体与文学的相互关系的历史考察，阐释文化生态环境在具体演变过程中的逻辑关系，参照网络文化语境下的文学生态的依据，并进一步建构相应的理论体系"①"是网络文学首次从理论上证明自己的存在"②。

　　这一时期的网络文学度过自然生长阶段，在资本及新媒体的影响下迅速成为当代最大的文学现场。学者们普遍认识到网络文学作品是消费时代文学生产与市场经营进一步契合的结果，它使读者摆脱了对文学权威和传统文学的"迷信"，迎合了大众的审美品位并制造出新的流行，使文学有了更大的生长空间。在这种普遍认知下，学界对网络文学的评价逐步"转向"，"经历了从批判性否定、质疑到复杂的深度思考等不同的评价态度"，由大体否定走向部分肯定，对网络文学的文学性及未来发展也有了更多思考。"网络文学的价值""时代宠儿""爆发""引领""新活力""挑战""冲击""狂欢"等成为评论热词。但是学界对网络文学的发展与走向仍然存疑，除了面临一些文学创作的共性问题——如精神品格、创作态度等外，网络文学还有自己特有的问题，如历史太短无法定性，缺乏理论和批评关注，版权和版税制度还不完善，写手队伍鱼龙混杂，深受资本影响的网络文学能在多大程度上表现出文学特性，并在未来将通俗文学乃至文学本身引向何方等诸多问题成为这一时期最受关注的内容。

　　从数据上看，在中国知网上在"网络文学"主题可搜出这一时期已发表在各类报纸上的网络文学评论文章共498篇，期刊评论文章1469篇，硕博论文63篇。与第一阶段相比，数量有了明显提升，研究方向也更为开阔，包括欧阳友权等人在今后的网络文学研究领域极有建树的学者在内也开始进入这一领域，虽然著名学者的参与度仍然较低，但是它成

　　① 王岳川．数字化时代的文学前沿探索——评"网络文学教授论丛"[J]．云梦学刊，2005（2）．

　　② 黄鸣奋．"网络文学教授论丛"笔谈网络文学：从理论上证明自己的存在[J]．中南大学学报：社会科学版，2004（6）．

为一个新的学术研究热点已经是不争的事实。

代沟也是一个不得不关注的原因。"一个时代有一个时代之文学",同样一个时代也有一个时代的评论,同龄人往往更了解同龄人,也更关注同龄人。在以"80 后"为生力军的网络作家和网络写手队伍迅速成长起来的时候,同时代的研究者们还不过初窥研究的门径,受学术研究规律的影响,文学理论人才的成长通常需要比同时代作家成长得更为缓慢,这些研究者们大多刚刚始他们的学术研究之路,关注的重心尚未真正明确,理论水平有待增强。而更高一辈的资深研究者们,大多早就确立了研究兴趣和研究方向,对网络文学缺少研究热情,同时也缺乏足够的认识和必要的了解,多种原因导致虽然网络文学研究已经进入评论界视野,但学术界对网络文学研究仍然呈集体失语状态,主流学者的关注点几乎没有网络文学。更为重要的是,这其中作为学术风向标的著名学者几乎无人对此写过评论文章。其中原因当然颇为复杂,但主要原因一是具体从事网络文学的人们比较缺乏宏观把握与理性梳理的功力,二是主流文学批评领域里的人们又对网络文学缺乏切实的了解,甚至缺乏应有的热情。至于许多有文学前沿理论研究的学者,仿佛一时间并没有明白这一传统意义上的通俗文学是怎么迅速生长成这样的"庞然大物",对社会,尤其是青少年产生这么重大的影响,因而对它的研究也无从谈起。

三、网络文学研究爆发期(2008—2013 年)

2008 年最受瞩目的网络文学大事一是作协主席网上打擂,二是"网络文学十年盘点"。前者是主流文学界放下身段主动亲近网络文学,后者是作协对网络作品的规整与吸纳,这是主流文学对网络文学的真正肯定，而赛后各地作协对优秀网络作家的吸纳和培养表明网络文学作品和作家正式开始步入中国文学主流队伍中。2008 年 12 月，中国社科院举办第二届"媒介文化与网络文学高层论坛"，网络文学的影视改编与 4G 网络的普及推动了网络文学的再次繁荣，并获得社会各阶层的普遍关注。铁凝认为，网络文学的发展"颠覆了传统写作的话语霸权""网络文学的兴起使有写作欲望的人心态更自由、更平等，它的匿名性使作者的情感和心境更放松，流淌出在书面写作里很难看到的非常鲜活的语言。它使文学变得多元"。"（网络文学）是势不可挡的，而且今后的影响还会更大"，它的兴起"给中国人的生活带来了非常丰富的变化，丰富了中国人的生活，也使文学变成是多元、共生的存在"。① 网络文学凭借自己强大的影响力和产业带动能力倒逼主流文学的认可和支持，进而倒逼评论界重视这一重要的研究客体。从这一年开始，网络文学研究开始持续升温，网络文学研究名家辈出，传统评论名家也纷纷介入，论文数量不断增加，研究的广度和深度明显提高。截至 2017 年 6 月，根据中国知网数据，共发表期刊文章 1237 篇，报纸文章 637 篇，硕博论文 187 部，各类著作 58 部，这组数据成为毫无疑问的学术热点。但实际上对网络文学如何评论、如何定位、评论的标准是什么却是横亘在每一个研究者面前的难题。与传统文学不同，新技术赋予了网络文学全新的生产模式和传播途径，"网络文学对传统文学的两种偏离趋向：第一，在作品的生产和传播上，具有时间和空间双重的无限制，因而无须遵循传统叙事上的"节约原则"。第二，叙事的整体意义结构上，偏离近现代以来西方文学建立的总体叙事结构的要求，而呈现出多元化、多中心的"弥散结构"②。与之相伴的是学界的态度，与"招安""盘点""转

---

① 黄小驹，焦雯. 铁凝、王蒙妙论中国当代文学 [N]. 中国文化报，2008-08-08.

② 张柠. 网络文学的文学性和新标准 [EB/OL].（2013-12-11）[2018-10-01].http：//www.chinawriter.com.cn/bk/2013-12-11/73645.html.

型""新文学标准"等评论热词同时出现的，还有谨慎肯定的态度和比较光明的预期。马季认为："网络文学基本上摆脱了对意识形态的依附，让文学回归到了新的起跑线上。可以看到的是，网络文学对当代中国文学的撞击是令人欣喜的，在未来的岁月里，它将有可能重组中国文学的格局，使中国文学产生新的造血功能，并创造出新的文学空间。"[①]白烨认为："目前的网络文学不仅与传统文学分离、并立，而且还呈现出方兴未艾的情形，大有在未来的发展中后来居上的势头。"[②]2008 年网络文学逐渐被传统文学接受，而与之相伴的网络文学研究也同样逐渐从学术边缘走向学术研究的前沿。

这一时期开始出现对网络文本的细读，与网络作家同时代的青年学者已经开始他们的学术生涯，面对已经被研究得极为深入的中国现当代文学来讲，网络文学无疑是一块未被过度开垦的学术新区。青年学者更易在这个领域发表新的见解和看法，而同龄人的经历和同代人的审美也能帮助他们更好地理解网络文学的作者和读者以及文本本身，他们身上较少学术包袱，对学术研究价值相对较弱的网络文本更为平等尊重，更愿意介入对文本的研究，以夏烈为代表的青年研究人员开始崭露头角。此外，经过多年成长，部分网络文学作品有了长足进步，具备基本的学术研究价值，因而这一时期开始出现少量对网络文学作品的个案评论。

经过十年的发展，研究者开始有了写史的冲动，2008 年欧阳友权出版的《网络文学发展史》和马季的《读屏时代的写作——网络文学十年史》分别表明这两位网络文学研究领军人物在多年关注网络文学发展后，为网络文学正名的"企图"。从客观现实说，网络文学经历十年的发展，已经形成相当的规模，生产出数量庞大的作品，生产出版运行机

---

① 冯军.网络文学可能重组中国文学——关于读屏时代写作与出版的对话 [N].中国新闻出版报，2008-04-18.

② 白烨.网络文学的成长簿记 [N].中国艺术报，2008-04-22.

制已基本稳定，回望和梳理这一成长如此迅速的文学场域，也在情理之中。这两部著作从不同角度对网络文学发展十年来的文学网站、网络写手、网络文学作品、网络语言等进行广泛搜集和系统梳理，勾勒出这十年网络文学的发展历程、特点及未来的可能走向，为此后的研究奠定了坚实的基础。

四、网络文学研究正名期（2014 年至今）

2014 年，习近平总书记在文艺座谈会上邀请了两位网络作家，并对网络文艺有专门的表述，认为："互联网技术和新媒体改变了文艺形态，催生了一大批新的文艺类型，也带来文艺观念和文艺实践的深刻变化。由于文字数码化、书籍图像化、阅读网络化等发展，近些年来，民营文化工作室、民营文化经纪机构、网络文艺社群等新的文艺组织大量涌现，网络作家、签约作家、自由撰稿人、独立制片人、独立演员歌手、自由美术工作者等新的文艺群体十分活跃。这些人中很有可能产生文艺名家，古今中外很多文艺名家都是从社会和人民中产生的。""文艺乃至社会文化面临着重大变革。要适应形势发展，抓好网络文艺创作生产，加强正面引导力度。""我们要扩大工作覆盖面，延伸联系手臂，用全新的眼光看待他们，用全新的政策和方法团结、吸引他们，引导他们成为繁荣社会主义文艺的有生力量。"这实际上是对网络文艺的管理和评论工作提出新的要求。虽然这两位网络作家并不能真正代表中国网络文学作品的成就，但人们关注的是其网络作家的身份而非作品。这是网络作家文学身份的最高官方认定。在中国，政治对文学的影响力从来都是毋庸置疑的，这是一个重大的契机。行政引导的力量是显而易见的，在此之后，中国网络文艺的管理力量及认知都有很大转变，此前还比较拘谨的评论界、作协文联等部门加大了对网络文学及网络作家的关注，各地方作协先后增设了网络文学协会，开设网络作家研讨会、网络作家写作班等，对地方网络文学进行引导和管理，由此引发的是新一轮网络文学研究的热潮。网络文学逐渐从文坛的边缘向中间靠近，而网络文学评论也深受此风影响，一些重量级文艺评论大家开始真正介入对网络文学基础理论的研究和对网络文学现象的探讨。而新生代网络文学研究人才也依次梯队出现并逐步成熟，目前国内网络文学研究已基本形成以高校、作协、社科系统为主体的网络文学科研力量，网络文学学科建设也已初步成形，从某种程度上讲，网络文学研究已经基本成熟，今后的研究走向将随着网络文学自身的走向、网络文学写作水平的提高而逐步深入。

五、网络文学研究存在的问题

（1）研究与创作间存在较大隔膜。网络文学时至今日已经走过二十年历程，期间网络文学迭代频出，新类型、新写手层出不穷，网文爆款数量极多。与此同时，网络小说自身的野蛮生长、资本介入并对其规训、社会重大事件在作品中的及时展现、网络通信技术发展变化对网络作家及作品的影响等，很多都未能在研究者那里进行深入的研究，时至今日，仍有很多研究者无法真正把握网络小说的精神实质和气质类型，所参考的作品仍然以早期网络小说为主，无法对多变的网络小说进行有效发声。如果细细梳理网络文学评论文章就会发现，研究者的视阈大多集中在安妮宝贝、蔡志恒、李寻欢、邢育森、慕容雪村、少君、六六、唐家三少、流潋紫等几个作家身上，参考作品也多是《第一次亲密接触》《成都，今夜请将我遗忘》《天堂向左、深圳往右》《告别薇安》《悟空传》《鬼吹灯》《甄嬛传》等，关注的作家及作品选样过于集中且多属于网络文学早期作品。事实上，早期网络小说很多是属"玩票"性质的，因为受到文学作品发表诸多限制而在网络上实现自己文学理想的"寻梦者"，其创作心态、作品表达与后期专职写手相差甚远，早已无法代表当下的网络小说场阈。网络大神月关曾说："我其实挺不理解现在年轻网络作家的写作逻辑和道德逻辑，他们的生命体验与我完全不同。"随着手机读屏时代的到来，读者对于网文的要求出现显著变化，月关"日更三千"也只是为了了解年轻作者和读者，"不使自己掉队而已"。对于已经达到大神级别的月关来说，网络小说写作尚且如此风起云涌、变相频生，稍不注意就有掉队之虞，对于研究者来说，把握好网络文学的脉搏显然更为不易。

（2）宏观研究较多，作品研究较少。纵观近 20 年网络文学评论文章可以得出一个初步结论，即网络文学研究多着重在网络文学现象方面，对具体作品研究较少。网络文学以其无可匹敌的发展速度、深厚广泛的群众基础、无远弗届的文化影响在中国当代文化中肆意生长，已然成长为一个不可忽视的"庞然大物"并将继续发展下去。

由于网络文学作品整体质量较传统精英文学作品稍差，研究者也少有充足的时间去浩如烟海的网文世界里挑拣优质作品，再加上发表方式的制约，如果不是现象级网文，刊物编辑有可能对此作品认同度较低，也会影响论文的发表，导致作品研究整体数量偏少且集中在部分作品上，而且涵盖面太少。

（3）研究较为滞后，研究深度欠缺。当下网络文学评论的滞后表现在两个方面：一是理论研究滞后。关于网络文学的特征、表现、传播、营销、受众等宏观考察的文章数量较多，出现了一些有深度的作品，但更多的是产生很多重复研究，浪费科研力量。一些宏观研究只是表层现象的分析展示，更多的是将之作为一种全民化的文学现象和技术引领的文化潮流，研究者更关注这种现象，而非作品。作者的能力水平不足以解释纷繁复杂、千变万化的网络文学样式。从后现代性、快餐化等来分析网络文学的作品也较多，但是由于其与网络文学创作现场的隔膜，导致很多宏观研究显得生硬，有为赋新词而强说之感，评述生硬，导致论文观点比较脆弱。由于网络文学理论发展相对滞后，众多研究者使用的"理论武器"也并不称手，有传统文学理论、后现代理论、传播学理论等，虽然能部分解释网络文学的特点，但并不能达到真正的通达，兼之理论文章相对晦涩，人们接受度普遍不高。二是作品研究滞后。研究者的落脚点很少会放在较新的网文中，即使是新的现象级作品也较少受研究者青睐，而网络文学的变化恰恰就是内蕴于这些新的作品中，以一种不动声色的改变来修正自身的创作及作品与读者的关系。如果缺少长期追踪观察，很难把握网文的内在发展路线。虽然国内现在有马季、夏烈等人对网络文学作品进行长期追踪观察，但从总体而言，研究人员及研究成果还显得太过匮乏。

六、网络文学研究的方法及对策

经过近二十年的发展，网络文学研究取得了一定成绩，而问题也不容忽视。如果想在今后开展更为有效的网络文学研究，个人以为需要从根、茎、叶三个方面进行突围，积极开拓网络文学研究的空间，有效参与到网络文学的发展中。

根指的是对网络文学的基础理论研究。众所周知，基础理论研究是一切研究的基础，当下网络文学研究并没有寻找到一个非常"称手"的理论工具，所使用和借鉴的多是一些既有的文艺理论思想，如后现代理论、传播学理论、叙事理论、符号学理论、狂欢理论等，这些理论部分地解释了网络文学的生产传播理论，却没有一个系统理论可以对网络文学进行系统阐释，缺乏有效的理论武器必然导致不能对这一文学文化现象进行有效分析。因而加强对网络文学的文艺理论基础研究必将是今后研究的一个重点。

茎是指网络文学的总体研究。虽然到目前为止对网络文学的整体研究已经较多，科研成果丰硕，但由于网络文学生成时间较短，技术更新较快，因而考察网络文学的审美独特性，它与传统文学文化的关系、它在文学、文化发展中的地位和意义、发展方向等仍有很重要的价值。尤其是发展方向方面，由于中国网络文学发展变化快，很少见到能对网络文学起到指引性作用的评论文章，研究者多是对已经生成的文学现象进行评论，但缺乏前瞻性、引导性意见。此外，网络文学不断生成新的形态和新的亚类，即使是已经高度成熟类型的小说，在新技术和新读者的影响下也不断出现新的情况，再加上之前的网游小说、同人小说、仙侠小说、官场小说、军事小说等研究洼地，因而网络文学的研究空间很大。深入思考网络文学成因、模式、创作心理、读者接受、价值取向等，对文学和文化的进一步深入研究大有裨益。

叶是指具体的作品评论。虽然网络文学作品数量庞杂众多，但目前这方面的研究却是最少。虽然近些年一些现象级作品受到评论者的关注，但从总量上来看还远远不够。这里固然有此前提到的作品参差不齐、数量庞大筛选不易、研究者主观意愿低、发表相对困难等原因，但其中还隐藏着一个潜在的"文学鄙视链"，即受诸多因素影响，网络作品研究处于文学研究食物链的最底层，研究者较少能从研究对象及研究成果中获得学界肯定，进而影响其自身价值认同。因而，为避免给自身制造尴尬，对具体作品噤声或含糊其辞就成为研究者们的选择。但学界放弃对具体作品的评论，实际上等于放弃自己在网络文学的话语权，进而导致网络文学与研究的背离。事实上有不少网络写手公开声称"网络文学评论没有价值""从不读网络小说评论文章"等诸如此类的话语，这些都在网络作家和读者心中产生了负面影响，会逐步导致学界丧失评论的主动权和参与文学进程的主动权。因而，加大对网络文学作品的具体研究，才能使研究获得读者并进而影响读者，对社会产生更为积极的影响。这方面，可参照马季、夏烈等研究者的文章。

第二章 论网络类型小说的身体叙事

广东省作家协会 王金芝

网络文学自诞生之日起，从来就伴随着争议和非议。随着时间的推移，网络文学经过 20 余年的野蛮生长，已经成长为一棵参天大树。随着中文在线、阅文集团和掌阅科技三家公司的上市，标志着网络文学的商业模式取得了巨大的成功，现在谁也没有办法忽视网络文学的存在和发展。

网络文学经过 20 余年的发展，蔚为大观，且类型化特征愈来愈明显，网络类型小说占据了网络文学的主流。它似乎又回到了小说的原初状态——讲故事。怎么讲故事即叙事，理应成为网络文学的研究重点。本文试将论述网络类型小说的身体叙事特征。

一、性别文本

要论述身体叙事，首先要辨析"身体"一词。自从西方哲学上的"身体"被尼采发现，"我完全是身体，此外什么也不是；灵魂只是身体上某一部分的名称"①，此后的身体在哲学、美学、社会、文化、文学、艺术等学科领域均被大量深入研究和提及，并且取得了丰硕的成果，以至于伊格尔顿说："当代批评中的身体比滑铁卢战场上的尸体还要多。"②然而，中西方的身体观念并不尽相同。在西方哲学史上，不管是柏拉图、笛卡尔的重灵魂轻身体，还是尼采的重身体轻灵魂，再到康德、黑格尔、马克思、福柯，一直存在着身体和灵魂的相互独立、对立、二分和辩证。而"身体"在中国传统思想中，杨儒宾在《儒家身体观》里谈到："儒家身体观的特征是四种体的综摄体，它综摄了意识的主体、形气的主体、自然的主体与文化的主体，这四体绵密地编织于身体主体之上。儒家理解的身体主体只要一展现，它即含有意识的、形气的、自然的与文化的向度。这四体互摄互入，形成一有机的共同体。"可见，东方的身体和灵魂是有机统一的，而西方的身体和灵魂一直处在二分状态，尽管黑格尔等人企图将二者辩证地统一起来。中国以"形""神"对应西方的"肉""灵"。但此"形"和彼"肉"大相径庭，在中国古代哲学和文学中，对"身体"的描述重传神而轻细致入微的写实绘形；而西方哲学和文学则普遍偏重具体细致入微的写实。

尽管 20 世纪的身体研究如此繁盛，但是身体叙事的提出和兴起却是 20 世纪后期的事情。20 世纪 70 年代中期，埃莱娜·西苏（法）在《美杜莎的笑声》中提出了身体叙事理论，但带有浓烈的女性主义色彩。2000 年，丹尼尔·潘戴发表《身体叙事学？》，并于 2003 年出版专著《叙事身体：建构叙事身体学》，才真正建构起了身体叙事学。随着 20 世纪初的西学东渐，以及新文学运动以来文学和文学批评的全面西化，中国现代文学中的身体叙事明显对西方的"身体"有了更深的体悟和借鉴。

---

① 尼采. 查拉图斯特拉如是说 [M]. 北京：中国华侨出版社，2017.

② 特里·伊格尔顿. 历史中的政治、哲学、爱欲 [M]. 马海良，译. 北京：中国社会科学出版社，1999：199.

以发端于 20 世纪的身体叙事去观望中国传统小说，由于中西方身体文化差异，如果在理论上生硬套用，难免会有削足适履之感。

中国网络文学诞生于 20 世纪末期，缘于当时传播媒介的变革——计算机的广泛应用和网络的兴起。加拿大马歇尔·麦克卢汉有一句警句："媒介即信息。"①而尼尔·波兹曼在《娱乐至死》中则提到："一个文化中交流的媒介对这个文化精神重心和物质重心的形成有着决定性的影响。"②"网络媒介触动了文学的发表机制，影响了文学市场的走向，带来了文学写作和阅读的商业化和大众化。"③网络文学就是这样一种深受计算机和网络媒介影响的文学，它本身的特性除了文学性，还兼具网络传播媒介的特性。诞生于商品消费和视觉文化时代中的网络文学，能够和美国好莱坞、韩国电视剧、日本动漫成为世界四大文化奇观，其他三者都属于视觉（图像）文化商品，为什么作为文字产品的网络文学在视觉文化盛行的今天，还能够拥有数以亿计的读者呢？这就是因为网络文学具有的网络媒介特征。

20 世纪中叶以来，电视机代替印刷机，成为影响大众文化最重要的媒介，使人们越来越依赖于视觉和影像，消费观念和娱乐精神深入人心，并成为大众文化的重要内容。电视机中所播放的节目、广告，也使人们关注的中心从图书、期刊和报纸的文字符号转向了图像和身体。身体受到了前所未有的关注，身体的自然特征（五官、姿态）及附属物（服饰、首饰），举手投足，一颦一笑，都是为了娱乐大众，以身体本身来引导人们的七情六欲和消费冲动。随着 20 世纪末计算机的使用和网络的兴起，延续并加剧了这种现象。2017 年 6 月，有人在微博上发起话题，

---

① 马歇尔·麦克卢汉. 理解媒介：论人的延伸 [M]. 何道宽，译. 南京：译林出版社，2011.

② 尼尔·波兹曼. 娱乐至死 [M]. 章艳，译. 桂林：广西师范大学出版社，2004.

③ 周志雄. 论网络文学的商业化问题 [J]. 中州学刊，2014（5）.

有趣的高晓松和无趣的吴彦祖，你选谁？网友们纷纷盛赞高氏，却一边倒地选择了吴彦祖，最后高晓松自己也忍不住参与进来。这就是"好看的皮囊千篇一律，有趣的灵魂万里挑一。所以，我选择吴彦祖"的始末。这个话题曾经一度引发社交媒体狂欢，这只是在后现代消费时代，在肉体战胜灵魂的大潮中的一朵小浪花而已。

由于网络文学的发表机制不同于期刊的发表机制，在网站上发表十分容易，他们只要抓住网络文学读者的胃口，就能被接受，就能大卖，从而获得安身立命甚至成名致富的机会。因此，庞大的网络文学作者群体以网络文学为职业，拥有对大众流行文化最敏感的神经，深谙网络文学读者的需求和所好，更兼在文学网站商业机制的推波助澜下，将网络文学的商业性发挥得淋漓尽致。由于商业性的推动，网络文学很快进行了分化和细分，实际上就是对读者群体的阅读兴趣进行分析，每一个小众群体的喜好都得到重视，比如盗墓、侦探、穿越、二次元、纯爱等，但是由于网络文学的受众十分庞大，每个所谓的小众群体其实都拥有庞大数量的人群，在商业的推动下，网络文学越来越类型化，网络类型小说成为网络文学的主流。

由于网络文学对大众文化市场及读者趣味的敏感和敏锐，网络文学中充斥着大众文化中最流行的内容，并通过类型小说体现出来，形成网络文学类型的爆款，并对大众流行文化产生深远的影响。2004年，"大陆新武侠"概念诞生，2006年被称为"盗墓年"，2007年被称为"穿越年"，此后的后宫、职场、游戏、修真等类型你方唱罢我登场，2015年由于网络文学影视剧改编火爆，被称为"IP元年"。在文化产业链中，网络文学处在链条的上游，并以网络文学IP的方式反哺游戏、漫画、影视、音乐及周边。

20世纪90年代以来的消费背景和身体娱乐的流行，身体成为消费的重要内容，整形、美容、健身、化妆等产业的兴起，明星崇拜、选美、选秀、时装秀等大众文化的蓬勃也带来了小鲜肉、小花、颜值等概念的泛滥，身体及其周边消费在社会生活中所占的份额越来越多，人们在消费的浪潮中只能在商家制造的"双十一"之类购物狂欢中过节。这种身体消费文化对文学产生了极其重要的影响。在主流文学方面，林白的《一个人的战争》、陈染的《私人生活》、卫慧的《上海宝贝》、棉棉的《糖》等相继问世，在文坛上掀起了身体题材之风，以女性之视角发挥肉体描述之能事，这种肉体狂欢甚至达到了令人侧目的程度。在诗歌领域也贴着肉感写作，笔触之大胆露骨，令人咂舌。主流文学的这种身体叙事，更多的是集中在肉体的袒露和陈列，张扬女性身体或者肉欲的狂欢，以肉体之偏代替身体之全，甚至极端地将肉体和灵魂不自觉地对立起来，是其鲜明的特点。

网络类型小说根据市场和大众的需求，小说类型化达到了极致，文本呈现出了性别区分的显著特征，即男频（男生频道的简称，男频类别的网络类型小说主要阅读群体为男性，而男生则从侧面体现了受众读者低龄化的特点）和女频（女生频道的简称，女频类别的网络类型小说的主要受众群体为女性）两个大的分类，两个分类又细分出诸多类型。虽然传统的通俗小说也形成了武侠和言情两个大的分类和范畴，并基本形成了武侠小说的男性受众读者比较多，言情小说的女性受众读者比较多的现象，但是网络文学不仅继承延续通俗文学的这一传统，还在自身商业性的推动下形成了明确的男频和女频，使得网络类型小说的文本具有了明显的性别特征。

根据站长之家（chinaz.com）2018 年 9 月 16 日的统计，中国境内PC 端中文文学网站共 1137 家，移动端中文文学网站共 309 家。根据中文文学网站的内容经营区分，现在的中文文学网站内容运营垂直细化，分类繁多；根据网络文学的题材区分，和传统文学相比，甚至于和网络文学的初期相比，中文文学网站和网络文学文本出现了一个十分显著的特点：中文文学网站除了大量的综合性网站（即男频和女频兼具），还细化出了专门的针对男性和女性读者的网站。比如起点中文网分别由起点男生网和起点女生网组成，分别针对男性读者和女性读者。晋江文学城、潇湘书院、红袖添香、云起书院、小说阅读网、蔷薇书院等几大网站都是非常成功的女性网站。中文文学网站的垂直细分是和网络文学文本类型的性别取向细分分不开的。

根据本文研究对象网络类型小说，选取了以提供网络类型小说为主的 PC 端中文文学网站 58 家（数据统计截至 2018 年 9 月 27 日，在站长之家排名前百的 PC 端中文文学网站中选取，见表 2-1）、移动端中文文学网站 30 家（数据统计截至 2018 年 9 月 27 日，在站长之家排名前 50 的移动端中文文学网站中选取，见表 2-2）及移动端中文文学阅读 APP 18 家（在手机应用商店下载，见表 2-3），而不将主要提供纸质出版电子书（例如恒言中文网、文章阅读网）或者网络文学社区交流（例如龙的天空、派派小说后花园）网络散文、诗歌类（例如美文网）PC 端、移动端中文文学网站和移动端中文文学 APP 列入考察范围。

表 2-1　PC 端中文文学网站的类型与内容

序号	网站名称	分类			性别取向
1	起点中文网	男频：玄幻、奇幻、武侠、仙侠、都市、现实、军事、历史、游戏、体育、科幻、灵异	女生网	二次元	男频＋女频 男生为主
2	纵横中文网	奇幻玄幻、武侠仙侠、历史军事、都市娱乐、竞技同人、科幻游戏、悬疑灵异	花语女生	二次元	男频＋女频 男生为主
3	晋江文学城	言情、纯爱			女性向

序号	网站名称	分类			性别取向
4	创世中文网	玄幻奇幻、武侠仙侠、都市现实、历史军事、游戏体育、科幻灵异	女生言情	二次元	男频＋女频男生为主
5	飞卢中文网	男生小说	女生小说		男频＋女频
6	飞卢小说网	玄幻仙侠、校园、同人小说、历史军事、科幻网游、恐怖灵异	女生小说		男性向
7	2K小说	玄幻、武侠、都市、历史、网游、科幻、侦探、同人、悬疑	言情		未明确男频、女频
8	风云小说网	玄幻、武侠、都市、穿越、网游、科幻、其他			男性向
9	八零电子书	奇幻修真、奇幻魔法、异术超能、东方传奇、王朝争霸、江湖武侠、未来幻想、灵异鬼怪、探险揭秘、历史传记、特种军旅、网游	魔幻女强、都市婚姻、百合之恋、同人美文、穿越架空、王室贵族、魔法校园、乡土布衣、官职商战、间谍暗战、唯美言情		综合
10	笔趣阁	玄幻、修真、都市、历史、网游、科幻、恐怖		全本	男性向
11	17K小说网	男生	女生	完本	男频＋女频
12	陌上香坊	男生频道	古代言情、现代言情、幻情仙侠、耽美同人、灵异推理、科幻网游、自媒体	美文	女性向
13	言情小说吧		古代言情、现代言情、玄幻仙侠、灵异科幻、青春游戏		女性向
14	品书网	玄幻奇幻、武侠仙侠、都市言情、历史军事、游戏竞技、科幻灵异	女生频道	其他小说	男频＋女频男生为主
15	塔读文学网	现代都市、选悬疑灵异、玄幻奇幻、武侠仙侠、历史军事、游戏竞技	原创女生（总裁、穿越）		男频＋女频
16	八一中文网	玄幻、修真、都市、历史、网游、科幻、其他	言情		男频＋女频男生为主
17	奇书网	玄幻奇幻、都市言情、武侠仙侠、耽美同人、青春校园、科幻灵异、穿越架空、网游竞技、历史军事	女频言情	现代文学	男频＋女频男生为主

序号	网站名称	分类			性别取向
18	斗破苍穹小说网	玄幻、奇幻、武侠、仙侠、都市、历史、军事、游戏、竞技、科幻、灵异、同人、其他	女生	短小故事	男频＋女频男生为主
19	奇塔文学网	玄幻、武侠、都市、历史、侦探、网游、科幻、恐怖、其他		散文诗词	男性向
20	红袖添香		古言、现言、原创、玄幻、都市、言情、娱乐、种田、科幻、悬疑、灵异、穿越、重生、宠文		女性向
21	妙笔阁	玄幻、奇幻、武侠、仙侠、都市、历史、军事、科幻、灵异、网游、竞技、其他	女频		男频＋女频男生为主
22	酷匠网	少男	二次元		男频＋女频男生为主
23	骑士小说网	玄幻奇幻、武侠修真、现代都市、历史军事、游戏竞技、科幻灵异			男性向
24	TXT小说下载网			武侠小说、玄幻小叔、都市言情、恐怖灵异、现代文学、侦探推理、科幻小说，穿越架空、古典名著、历史军事、网游小说	未明确性取向
25	黑岩网	悬疑、历史、军事、玄幻、奇幻、仙侠、武侠、科幻、游戏、同人、社会	古言		男频＋女频男生为主
26	书包网	男生版：玄幻奇幻、武侠仙侠、都市重生、历史军事、恐怖推理、科幻网游	女生版：都市言情、古代言情、穿越重生、玄幻仙侠、青春同人、网游科幻	耽美版：现代耽美、古代架空、穿越重生、玄幻科幻、BL同人、GL百合	男频＋女频
27	笔趣阁小说阅读网	玄幻、修真、都市、历史、网游、科幻			男性向

续表

序号	网站名称	分类			性别取向
28	逐浪网	仙侠、玄幻、历史、武侠、科幻、二次元	言情	完本	未明确男频、女频
29	酷易听网	玄幻魔法、武侠修真、都市言情、历史军事、侦探推理、网游动漫、科幻小说、恐怖灵异、穿越小说		其他类型	男性向视听
30	话本小说网	男生：玄幻、都市、仙侠、灵异、游戏、科幻、奇幻、历史、竞技、轻小说、短篇	女生：古代言情、玄幻言情、都市言情、TFBOYS、EXO、明星同人		男频＋女频
31	红薯中文网	男频	女频		男频＋女频
32	鬼姐姐鬼故事	小说：恐怖、灵异、盗墓、悬疑、都市、玄幻、仙侠	故事：鬼故事短篇超吓人、民间、恐怖、灵异、真实、校园、内涵、短小、新手、乡村、僵尸、恐怖图片		未明确男频、女频图片视觉体验
33	起点女生网		仙侠奇缘、古代言情、现代言情、浪漫青春、玄幻言情、悬疑灵异、科幻空间、游戏竞技、N 次元		女性向
34	顶点小说网	玄幻魔法、武侠修真、都市言情、历史军事、侦探推理、网游动漫、科幻小说、恐怖灵异、散文诗词	其他	全本	男频＋女频男生为主
35	小说阅读网		现言青春、古言玄幻、神秘幻想		女性向
36	吞噬小说网			吞噬小说	类型网站未明确男频、女频
37	落秋中文网	玄幻魔法、武侠修真、都市言情	女生小说		男频＋女频
38	知轩藏书	都市娱乐、武侠仙侠、奇幻玄幻、科幻灵异、历史军事、竞技游戏	实体女生	二次元	男频＋女频男生为主
39	欢乐书客	同人	女生	宅文、漫画、游戏	男频＋女频互动

序号	网站名称	分类			性别取向
40	黄金屋中文	玄幻奇幻、武侠仙侠、都市言情、历史军事、游戏竞技、科幻灵异			男性向
41	SF轻小说			轻小说	类型网站未明确男频、女频
42	乐文小说网	玄幻魔法、武侠修真、都市青春、历史军事、科幻灵异、网游小说	女生频道		综合男生为主
43	紫幽阁	玄幻奇幻、都市言情、历史军事、网游竞技、灵异恐怖	古代言情、耽美同人、穿越架空		男频+女频
44	文学谜	玄幻魔法、武侠修真、都市青春、历史军事、网游动漫、科幻小说、恐怖灵异			男性向
45	88读书网	玄幻魔法、武侠修真、都市言情、历史穿越、恐怖悬疑、游戏竞技、军事科幻	女生频道		男频+女频男生为主
46	潇湘书院		现言、古言、青春、玄幻、科幻		女性向
47	一本读	玄幻、武侠、都市、穿越	言情		男频+女频
48	书本网	玄幻、修真、都市、穿越、网游、科幻、其他			男性向
49	猫扑文学	奇幻玄幻、武侠仙侠、都市青春、历史穿越、游戏竞技、科幻灵异			男性向
50	品书网	玄幻奇幻、武侠仙侠、都市言情、历史军事、游戏竞技、科幻灵异	女生频道	其他小说	男频+女频男生为主
51	风云小说阅读网	玄幻、武侠、都市、穿越、网游、科幻		其他	男性向
52	话语女生网		古代言情、都市言情、幻想时空、耽美同人		女性向
53	磨铁中文网	都市娱乐、悬疑灵异、玄幻奇侠、奇幻科幻、历史军事、武侠同人			男性向
54	SoDu小说搜索	玄幻			男性向

序号	网站名称	分类			性别取向
55	书海小说网	都市言情、玄幻修真、历史武侠、网游竞技、军事科幻、恐怖同人	女生频道：古言穿越、现言青春、幻情灵异、同人纯爱		男频＋女频
56	看书啦	玄幻、仙侠、都市、历史、网游、科幻、恐怖			男性向
57	衍墨轩	玄幻、奇幻、修真、都市、历史、同人、武侠、科幻、游戏、军事、竞技、灵异	言情		男频＋女频男生为主
58	爪机书屋	玄幻、修真、都市、穿越、网游、科幻、悬疑、穿越	言情、女生		男频＋女频

表 2-2　移动端中文文学网站的类型与内容

序号	移动网站名称	分类			性别取向
1	起点手机网	玄幻、奇幻、武侠、仙侠、都市、现实、军事、历史、游戏、体育、科幻、灵异、二次元、短篇	古代言情、仙侠奇缘、现代言情、浪漫青春、玄幻言情、悬疑灵异、科幻空间、游戏竞技、N 次元		男频＋女频
2	17K 小说网手机版	玄幻奇幻、武侠仙侠、都市小说、历史军事、游戏竞技、科幻末世	古代言情、都市言情、浪漫青春、幻想言情	个性化：悬疑小说、情感小说、二次元、自述小说、爆笑小说、青春小说	男频＋女频
3	八〇电子书手机版	修真、魔法、异术、东方、争霸、武侠、未来、灵异、探险、传记、特种、网游、竞技	女强、婚姻、百合、唯美、穿越、鬼族、校园、布衣、商战、间谍、同人		男频＋女频
4	纵横中文网手机版	奇幻玄幻、都市娱乐、武侠仙侠、历史军事、科幻游戏、悬疑灵异、竞技同人、幻想时空、都市言情、古代言情、耽美同人	评论文集		男频＋女频
5	飞卢中文网手机版	玄幻奇幻、武侠仙侠、同人小说、都市言情、军事历史、科幻网游、恐怖灵异、轻小说、女生小说	短篇其他		男频＋女频
6	88 读书网手机版	玄幻魔法、武侠修真、都市言情、历史穿越、恐怖悬疑、游戏竞技、军事科幻、综合类型、女生频道			男频＋女频，男生为主

序号	移动网站名称	分类			性别取向
7	2K小说手机版	玄幻、仙侠、都市、历史、网游、科幻、侦探、同人、言情、悬疑			未明确
8	塔读文学网手机版	男生	女生	二次元、出版	男频+女频
9	56书库手机版	玄幻魔法、武侠修真、都市情真、历史军事、侦探推理、网游动漫、科幻小说、恐怖灵异、诗词散文、其他类型			男性向
10	潇湘书院手机版	古代言情、现代言情、玄幻言情、仙侠奇缘、悬疑灵异、浪漫青春、科幻空间、游戏竞技			女性向
11	小说阅读网手机版	玄幻、奇幻、武侠、仙侠、都市、现实、军事、历史、游戏、体育、科幻、灵异、二次元、短篇	现代言情、古代言情、浪漫青春、玄幻言情、仙侠奇缘、悬疑灵异、科幻空间、游戏竞技、短篇小说、N次元		男频+女频
12	笔趣阁手机版	玄幻、修真、都市、历史、网游、科幻、恐怖、其他			男性向
13	三江阁手机版	玄幻魔法、武侠仙侠、都市言情、历史军事、游戏小说、网游动漫、科幻小说、女生小说、其他小说			男频+女频男生为主
14	56听书网手机版	有声小说：玄幻武侠、都市言情、恐怖悬疑、综艺娱乐、网游竞技、军事历史、刑侦推理		评书、其他	未明确男频、女频有声
15	鬼姐姐鬼故事手机版	长篇小说：恐怖、灵异、盗墓、悬疑、现言、古言、幻言、校园、都市、玄幻、仙侠、历史、军事、游戏、科幻、武侠、奇幻、竞技、文学	短篇故事	热门标签	类型未明确男频、女频
16	奇书网手机版	玄幻小说、武侠仙侠、女频言情、现代都市、历史军事、游戏竞技、科幻灵异、美文同人			男频+女频
17	斗破苍穹小说网手机版	玄幻、奇幻、武侠、仙侠、都市、历史、军事、游戏、竞技、科幻、灵异、同人、女生、其他			男频+女频
18	小说者手机版	玄幻、武侠、都市、历史、穿越、豪门、宫廷、种田			男频+女频
19	追书神器手机版	玄幻、奇幻、武侠、仙侠、都市、职场、历史、军事、游戏、竞技、科幻、灵异、同人、轻小说	古代言情、现代言情、青春校园、纯爱、玄幻奇幻、武侠仙侠、游戏竞技、悬疑灵异、同人、女尊、莉莉	漫画、出版	男频+女频

序号	移动网站名称	分类			性别取向
20	晋江文学城手机版	古代言情、都市青春、幻想现言、古代穿越、奇幻言情、未来游戏悬疑、现代纯爱、古代纯爱、百合小说、衍生纯爱、二次元言情、衍生言情			女性向
21	桑舞小说网手机版	玄幻魔法、武侠修真、都市言情、历史穿越、侦探推理、网游动漫、军事科幻、恐怖灵异、女生小说			综合，男性为主
22	快读手机版	言情、都市、玄幻、仙侠、武侠、校园、游戏、灵异、科幻、同人、耽美			男频＋女频
23	言情小说吧手机版	玄幻、奇幻、武侠、仙侠、都市、现实、军事、历史、游戏、体育、科幻、灵异、二次元、短篇	现代言情、古代言情、浪漫青春、玄幻言情、仙侠奇缘、悬疑灵异、科幻空间、游戏竞技、短篇小说、N次元		男频＋女频女性为主
24	逐浪网手机版	男生	女生		男频＋女频
25	红袖添香手机版	男生	女生		男频＋女频女性为主
26	博听网手机版	有声小说、玄幻网游		百家讲坛、雷鸣拍案、袁腾飞讲历史、刑警803、经典文学、家庭教育	男频＋女频
27	520听书网手机版	玄幻奇幻、修真武侠、恐怖灵异、都市言情、穿越有声、网游小说、军事、官场商战		粤语古仔、评书大全、百家讲坛、历史纪实、推理、儿童、广播剧、相声小品、通俗文学	男频＋女频有声
28	北斗星小说网手机版	玄幻奇幻、武侠仙侠、都市异能、历史军事、游戏竞技、科幻世界、灵异悬疑、耽美同人、言情小说			男频＋女频
29	鬼故事手机版	鬼故事			类型未明确男频、女频
30	万卷书屋手机版	都市、言情、历史、军事、奇幻、玄幻、武侠、仙侠、科幻、灵异、竞技、游戏、同人、其他			未明确男频女频

表 2-3　移动端中文文字阅读 APP 的类型与内容

序号	移动阅读 APP	分类			备注
1	掌阅 iReader	男生	女生	出版、漫画、听书、积木学院、免费、虚构书店、板栗	
2	QQ 阅读	男生	女生	出版、漫画、音频	
3	书旗免费小说	男生	女生	二次元、精选	
4	熊猫看书	男生	女生	精选、出版、漫画、听书	
5	网易云阅读	男生	女生	精选、免费、出版、听书	
6	网易蜗牛读书				纸质出版的电子版
7	塔读文学	男生	女生	电子书、租阅、有声课	电子书为纸质出版的电子版
8	微信读书		女生小说	青春言情、文学艺术、心灵治愈、连载漫画、限时免费	
9	百度阅读	男生	女生	出版	第一次进入 APP 会让使用者选择男生还是女生
10	当当云阅读				纸质出版的电子版
11	搜狗阅读	男生	女生	出版	
12	起点读书	男生	女生	漫画、听书、对话	
13	追书神器	男生	女生	漫画、出版	进入 APP 让选择阅读者为男生或者女生
14	多看阅读	男生	女生	漫画、杂志、听书	
15	咪咕阅读	男生	女生	精选、出版、二次元、听书	
16	懒人听书	男频	女频		仅以其中的"原创"（网络文学）为例
17	快看小说	男频	女频	出版	
18	爱阅读	男频	女频		

通过观察对比表 2-1、表 2-2 和表 2-3，我们发现，在网络文学由 PC 端向移动端发展的进程中，网络文学的题材分类的性别特征越来越明显，且在男频和女频大的分类下，小说类型标签越来越细致具体，越来越便于读者挑选适合自己阅读习惯和口味的题材类型。2018 年 1 月，CNNIC（中国互联网络信息中心）发布《第 41 次中国互联网络发展状况统计报告》，报告指出，截至 2017 年 12 月，我国网络文学用户规模

达 3.78 亿，网民使用率达 48.9%。手机网络文学用户规模达到 3.44 亿，网民使用率达 45.6%。手机网络文学用户占总体网络文学用户比例的 90.9%。移动端与 PC 端阅读的市场份额差距进一步拉大。[①] 这个事实一方面反映了使用移动端网络用户的持续增多；另一方面也反映了移动端中文文学网站和 APP 的内容运营及分类契合了用户的需要和选择。

表 2-1 共有 PC 端中文文学网站 58 家，其中综合（男频和女频皆有）网站 29 家，综合网站中以男性为主的网站 16 家，男性向网站 15 家，女性向网站 8 家，未明确男频、女频的网站 6 家，其中 3 家提供鬼故事、吞噬小说、轻小说等特定类型小说；其中 2 家以题材类型分类，一眼便能看出其性向；只有 1 家属于大杂烩，该网站是提供下载文本服务的，不属于创作网站。

表 2-2 共有移动端中文文学网站 30 家，其中既有男频又有女频的网站 21 家，男性向网站 2 家，女性向网站 2 家，未明确男频、女频的网站 5 家，这 5 家网站虽然没有明确男频、女频，但以题材类型分类。

表 2-3 共有移动端 APP 18 家，全部以男频、女频分类，一般在男频、女频下面分若干类型，每个类型下面都有更加具体细致的标签。以起点手机网为例，在女生的分类下有古代言情这个类型，古代言情这个类型下面又有"女尊王朝""古典架空""古代情缘""穿越奇情""宫闱宅斗""经商种田""西方时空""清穿民国""上古蛮荒""热血江湖"等标签，对该类型小说做出进一步的说明和界定，方便读者选择自己喜欢的类型。

通过以上的分析，我们能够直观清晰地知道，首先，网络类型小说的类型多样，并且已经形成了固定的几大类型，比如男频中的玄幻、奇幻、武侠、仙侠、历史、军事、都市、修真、灵异、恐怖、网游、穿越、

---

① 中国网信网 . 第 41 次《中国互联网络发展状况统计报告》[EB/OL].（2018-01-31）[2018-09-26]. http：//www.cac.gov.cn/2018-01/31/c_1122347026.htm.

同人、二次元等；女频言情，具体又分为古代、现代、穿越、宫斗、宅斗、纯爱、百合、种田等。但是男频和女频中的类型名称有可能是一样的，比如都是穿越，但是小说的主角、爽点和叙事动力完全不同，在这一点上，文本的性别特征尤其明显。其次，一些网络类型小说网站不仅提供类型小说文本，有的还增加了图片（视觉）、有声小说（听觉）、漫画和游戏，增加了文本的多重体验，加大了文本和读者之间的互动性，增强了读者的沉浸感。尽管网络类型小说的文本具有鲜明的性别取向，但是这种性别之分区别于传统小说里的女性小说对于男权中心主义的对抗和反叛，它摒弃了社会历史叙事和宏大政治叙事，放弃了历史和诗意，以敏锐的嗅觉和触感捕捉男女身体深处不同的爽点，让不同性别的读者在一个个乌托邦里切身体会饮食男女的世俗成功，从而获得最大限度的商业价值和人文关怀。

二、身体叙事

彼得·布鲁克斯认为身体是现代小说、绘画等艺术形式推动叙事展开的动力，叙事就是身体的符号化过程，而身体是"通往满足、力量和意义的钥匙"①。米歇尔·福柯则认为身体是乌托邦的身体，"它奔跑，它行动，它活着，它欲望"，巨大而无节制，可以吞噬空间并主宰世界，可以和一种秘密权力和不可见之力量交流。身体是世界的零点和中心。②考察网络类型小说里的身体，则恰恰是如福柯所言的乌托邦身体，也如布鲁克斯所言，是推动叙事展开的动力。

---

① 彼得·布鲁克斯.身体活[M].朱生坚，译.北京：新星出版社，2005.
② 米歇尔·福柯.声名狼藉者的生活[M].汪民安，译.北京：北京大学出版社，2016.

1. 欲望身体：女频类型小说的欲望城堡

女频言情中有一种类型文叫"霸道文"，即"霸道总裁爱上我"的套路文。"霸道文"的套路和精髓在于，不管女主角是什么出身、职业或者长相，男主角必须是"霸道总裁"，并且不管霸道总裁做什么行业，标配必须是多金、帅气、深情且只对女主深情。阅文集团白金作家叶非夜曾经创下单日销售 15.6 万元的纪录，人气超高，被称为"言情天后"，曾经有人戏言说，她创作了 10 部作品，迄今共计 887 万字，每部作品看起来都一样，似乎每部作品之间最大的区别就是男女主角名字的不同。既然如此，女性读者为什么还沉迷其中不能自拔呢？叶非夜所有作品类型都是现代言情，除了《小镇情缘》，其他 9 部作品（《时光和你都很美》《亿万星辰不及你》《那时喜欢你》《傲娇男神住我家：99 次说爱你》《国民老公带回家》《致我最爱的你》《亿万逐爱》《亿万继承者的独家妻：爱住不放》《爱你，是我的地老天荒》）的标签都是"豪门"，都是顶配的"霸道文"。在这类言情里，仅从小说名就可以看出来，男主就是金钱和权力的化身，而女主则是集万千宠爱于一身。叶非夜们用金钱和男色建筑了一座爱情之城，这座城里面只有一种信仰，那就是拥有万千身价，既有钱又有颜，本来可以坐拥亿万身家和美女的男主，只对女主一个人用情至深，至死不渝。

这是一座关乎爱情的欲望城堡。而十分有意味的是，"霸道文"的开篇通常是从一场"性爱"开始的。男主和女主阴差阳错，或被人算计，或醉酒，或遭出卖，林林总总，最后的结果就是女主和男主滚了床单，男主便认定了女主的身体，因为只有这一具身体能够和他匹配，获得幸福。此后男主就开展了对女主"虐几章甜几章"的追求情节（有时表现为女追男）。

这里的身体显然是欲望肉体，是关乎性别、性爱及性心理的身体。弗洛伊德的精神分析曾经指出，身体的欲望和快感是艺术生产的动力。

但是仅仅把"霸道文"看成是欲望肉体也是以偏概全。如果仅仅存在感官的、性别的、性爱的肉体，那么女频只会陷入"小黄文"这条死胡同里。在这个关乎爱情的乌托邦里，所有的肉体都会升华成一个追寻爱的精神之旅。这就是说，现代言情里面的灵和肉是同构的，所有的"盛世美颜""权力滔天""富可敌国"，都只是对于"富贵不能淫""坚定永不移"之爱情的陪衬。或者说，女性读者在"霸道文"里享受的就是一种"万千宠爱集于一身"的感情之旅。

女频"宫斗""宅斗""商战""重生""穿越"类型小说看似充满着计谋和政治的硝烟，但是女主角们的争斗总是被这样设置：她只是一个单纯、善良、聪明的少女，在风声鹤唳的后宫、内宅、商场，迫于自保，或是为了保护家人，或是为了挽救家族企业，或是为了复仇，或是前世姻缘，不得不参与到这些阴险狡诈的斗争旋涡中来，并在争斗过程中收获一段真情，这分别是《后宫·甄嬛传》（流潋紫）、《知否，知否，应是绿肥红瘦》（关心则乱）、《裂锦》（匪我思存）、《庶女有毒》（秦简）和《步步惊心》（桐华）等作品的叙事线索。

而修真、玄幻、科幻、悬疑、侦探、灵异、娱乐、种田等类型女频网文在背景设置上别开生面，但是所有的类型背景因素都只是为"言情"提供新鲜的背景板，《花千骨》（fresh果果）里花千骨不管得道或是堕魔，心心念念的只不过是师傅白子画，推动故事情节发展的并不是"打怪升级"，而是花千骨的感情线；《散落星河的记忆》（桐华）在科幻的背景下，星际大战，人种毁灭，生命追问，而这些关乎浩瀚星际和物种毁灭的大命题只不过是洛寻和千旭爱情的小陪衬；丁墨的探案系列言情小说，比如《他来了，请闭眼》《美人为馅》《如果蜗牛有爱情》等，在紧张、悬疑的探案氛围中，着意刻画的也是女主角和男主角的爱情线……

因此，在女频言情类型小说作者的笔下，不管里面的人物形象有什么背景，怎么超强的能力，抑或是纤弱不堪，内心最缺乏、最渴望的都是一段爱情。甚至在很多小说里，为了刻画描绘爱情，其他感情，甚至逻辑，都经不起推敲，比如《何以笙箫默》（顾漫），小说里赵默笙从小得不到妈妈的爱，而交代的原因竟然是父母失和，赵默笙父亲自杀后，宁肯安排赵默笙出国，托付给友人，而其母离群索居，对只身在国外的赵默笙不闻不问，置之不理。或许这种叙事安排只是为了凸显何以琛对赵默笙的等待和痴情，但这种家庭关系显然不合逻辑。

女频类型小说总体上言情居多，且将爱情安置于一个精美的城堡里，不管八面来风，"情"自屹然不动。这种文本契合了女性读者对于爱情的渴望心理，在平庸的现实里不可能得到"倾国倾城之恋"，只能寄托在言情类型小说的身体欲望抒写之中。

2. 权力身体：男频类型小说的权力世界

网络文学在资本的裹挟下将文学商品化，对男性和女性因为性别不同而客观存在的阅读快感和阅读需求加以细致区分，以一个个具体的类型和标签对应每一个有需求的人群来获取以文学作为一个商品的最大效益。男性读者的阅读爽点自然不同于女性读者的纯粹情感诉求。男频类型小说中的身体叙事与女频类型小说中的身体叙事有着不一样的景观。

（1）物质化身体。在男频类型小说中，身体在叙事中表现出更重要的意义。区分男频和女频最重要的标志有两个，一个是阅读群体的划分，男频的读者绝大部分是男性，而女频的读者绝大部分是女性；另一个是类型小说主角的区分，男频类型小说的主角一定是男主角，通常情况下故事的发生、开展是伴随着男主角的亲身经历而组织开展。而女频的主角则为女主角。

男频类型小说构架恢宏，动辄数百万字，为了叙事的方便，男频类型小说通用且好用的叙事做法是"打怪升级"，男主角一出场注定是一个草根和无名小卒，其自然身体孱弱不堪，这样的开场造成了身体叙事的张力：自然身体的孱弱和所处世界的弱肉强食形成了对抗和张力。故事的线索和推进变得清晰明朗起来，"打怪升级"成为必经之途。"打怪升级"的过程其实就是自然身体物质化的过程。天蚕土豆《斗破苍穹》的开篇就是如此，男主角萧炎身为斗气大陆萧氏家族族长之子，然而自身实力孱弱，仅处在斗之力三段，受尽家族中兄弟姐妹的嘲笑，更是受到未婚妻的看低而遭退婚，萧炎如果让自身实力提升、不让父亲失望、反击周边的嘲笑，只能开始其自然身体物质化的过程。这个过程身体全程参与其中，承担着推动叙事的重要功能。

自然身体的物质化，在男频的修真、玄幻、都市、游戏等类型中被广泛应用，通常表现为男主角借助外物（天材地宝、秘籍、灵药等）加强自身实力，使自然身体物质化。这个叙事的过程是身体和外部世界的交流和冒险，也是身体对外部世界的窥探和认知，更是外部世界对身体自身的滋养、补充、壮大甚至是反噬，这个进程充满着冒险和刺激，使得文本故事充满悬念和趣味。

（2）虚构性身体。男频类型小说里的身体可以九死一生，可以百折不弯，可以上天入地，可以千变万化，和现实身体形成强烈对比和反差。小说本来就是一门虚构的艺术，在中国文学史上虚构出了许多妖魔鬼怪、魑魅魍魉，但是有的神魔鬼怪会令人感到熟悉，那是现实主义，而男频类型小说是偏重幻想的文学。男频类型小说大多是架空的，需要建构新的"世界观"。建构的新世界是否宏大和圆通，决定着故事的建制和篇幅。和虚构的世界相对应，网络作家也对身体进行了虚构，且这种虚构是一种对身体的异想天开的想象，恰如福柯所言，"一个巨大而无节制的身体可以吞噬空间并主宰世界。"[1] 男频玄幻类型尤其能体现这一点。

---

[1] 米歇尔·福柯. 声名狼藉者的生活 [M]. 汪民安，译. 北京：北京大学出版社，2016.

在猫腻的《将夜》中的世界是一个由昊天统治的世界，在人世间，存在着四大势力，即唐朝书院、道门、佛宗和魔宗，昊天和人世间既是统治和被统治的关系，又存在着冲突和杀伐。男主角宁缺从一个普通士兵，在机缘巧合和自己的修炼中，敢于与昊天斗，保卫人世间的世俗安乐。最后昊天化成了天上的太阳，而夫子变成了夜晚的月亮。这是一个与天斗其乐无穷的故事，在这样的幻想世界里，猫腻在故事中赋予人以无穷的力量，可以保卫家国，抗击巨大的四大势力，甚至能娶到无情强大的昊天，用人间烟火感化昊天。

（3）同构性身体。男频类型小说所建构的世界是通过身体的逐步修炼才能发现的，也就是说，身体是进入这个世界的通行证，身体也是这个世界的一部分，二者具有同构性的关系。身体与所建构世界的同构性体现在，身体的修炼和拓展可以打通和连接世界，可以与世界交流和融合。《神偷化身》是蚕茧里的牛的一部游戏类型小说，男主角周健原本只是一个普通的大学新生，成绩普通，酷爱玩《神魔》游戏。他惊异地发现自己的身体拥有游戏世界里的技能和属性，并且能在现实世界里使用，于是开始了他开挂的人生。《神魔》游戏世界有一种药水，周健在现实世界竟然也能使用和救命。在这里，周健的身体和游戏世界是同构的，具有同样的属性和特性。在蚕茧里的牛的另一部作品《武极天下》中，男主角林铭潜心追求武道，引真元淬体，一重练力，二重练肉，三重练脏，四重易筋，五重锻骨，六重凝脉。在武道世界的每一重都对应着练武者身体的一重修炼状态，在改造身体的进程中得以窥见对应的武学世界，而叙事的动力就在于更高境界对于武者的吸引。而这种身体和外在世界一一对应的关系，在男频类型小说里比比皆是，举不胜举。

男频类型小说以男性幻想意淫这个世界，以物质化身体、虚构性身体、同构性身体建构一个宏大的权力世界。这个世界是一个想象的空间，它能满足男性尤其社会底层的男性关于成功和获取权力的一切幻想，当我们的凡俗肉胎彷徨不安，处于贫弱可欺的位置，处于这种境地的很多人都会幻想着反转人生，有机会获得秘密的权利和巨大无比的力量，而男频网络类型小说就是获取这种权力和力量的金手指。

三、结语

网络类型小说在消费文化的大潮中，在视觉和图像文化的冲击和裹挟下，精细区分各种类型，以性别文本的姿态满足不同性别人群的身体欲望想象和身体权力表达，形成了一道不同寻常的文学景观，这也是网络类型小说的文化根源和文学特质决定的。但是，网络类型小说的身体叙事一方面塑造了无数的精致欲望城堡和完美权力世界，创造了不容小觑的商业成绩；另一方面这种屈从于商业和消费的文本性别特征也造成了网络类型小说对于现实的疏离和隔膜，对历史和诗意叙事的规避和缺乏，从而造成了文学性和美学的不够深入。从属于大众文化和娱乐的网络文学不仅要提供欲望身体和权力身体，更应该在道德身体和灵魂身体上发力，在商业性的基础上注入文学之魂之力，成就更多的经典作品。

第三章　网络现实题材写作的理论与实践考察

河北省保定市文学艺术界联合会　桫椤

网络小说已经成为具有相当高阅读率的大众文学读物，据中国互联网信息中心发布的第 42 次《中国互联网络发展状况统计报告》的数据显示，截止到 2018 年 6 月，中国网络文学的用户规模已经达到 4.06 亿，网民网络文学使用率达到 50.6%。其中手机用户达到 3.81 亿，网民使用率达到 48.3%。[①] 庞大的用户流量也揭示了一个显而易见的道理：我们的文化影响力在世界范围内尚未达到足够强大时，网络文学能够在中国文化内部异军突起，客观上是"人口红利"惠及文化的体现。同时，上述数据也表明：伴随媒介革命发展起来的网络文学，通过丰富的类型、题材、风格和便捷的传播、接受形式，以及海量的作品资源，为具有不同阅读趣味的读者提供了足够多的可选择机会。网络文学被称作"读者

---

①　中国网信网 . 第 41 次《中国互联网络发展状况统计报告》[EB/OL].（2018-01-31）[2018-09-26]. http：//www.cac.gov.cn/2018-01/31/c_1122347026.htm.

的文学"，有着"以读者为中心"的创作动机和原理，①这一迥异于"五四"以来新文学小说传统的特征反过来影响到文本，使网络小说的题材、类型和表现风格日趋多样化，以便适应分众化阅读市场中不同读者的需求。

纵观白话文运动以来的中国文学史（甚至上溯至古代），无论严肃文学还是大众文学，现实主义创作一直是主流。但是，在网络文学中，这一局面却发生了变化。最受读者欢迎、文本数量最多的却是幻想类小说，其中玄幻、仙侠、奇幻、神魔、架空、穿越等幻想类作品一直最受读者追捧，早在几年前，"仅起点中文网就有幻想类小说100万部"。②而现实类作品在总体数量和质量上，特别是类型发育、思想价值和想象力等方面，还无法比肩幻想类、历史类的写作，更难以企及传统现实主义文学的成就和高度。十九大以来，"加强现实题材创作"成为文艺思想和文艺政策的主导方向，而在此前，现实类小说已在网络上出现复兴的迹象。本文尝试以具体文本为例，分析现实题材在网络写作中的优劣势，讨论拓展现实题材边界，合理处理虚构与真实的关系等问题，从中探索写好这类题材的一些基本规律。

一、现实的陷落与"装神弄鬼"——幻想小说为何"一家独大"

现实生活是文学的基础。现实世界作为人类的生存环境，一直是文学反映的对象，是文学创作的客体来源。德莫克利特和亚里士多德都认为，艺术起源于对自然的模仿；马克思主义文艺观进一步强调，"作为

---

① 欧阳友权.网络文艺学探析 [M].北京：中国社会科学出版社，2018：45.
② 欧阳友权.中国网络文学年鉴（2016）[M].北京：中国文联出版社，2017：5.

观念形态的文艺作品，都是一定的社会生活在人类头脑中的反映的产物"，"人民生活……是一切文学艺术取之不尽、用之不竭的唯一源泉"，且"这是唯一的源泉，因为只能有这样的源泉，此外不能有第二个源泉。"①从这个意义上说，一切文艺作品都是现实主义作品，都是对客观存在的反映。文学要表达的内容、主题和价值观念依据的是人的经验、体验，反映的是人在现实中的生活感受、情感愿望和遇到的生存问题。因此，一切文学作品都是以现实为基础的。进入文学自身发展的历史，由于受到作家个人思维模式、思想主张、审美趣味和表达能力等的影响，他们在创作中对待和处理现实生活的方法是不同的，因而衍生出了不同的风格流派，如浪漫派、现代派、后现代派等。作家作为创作主体，他们用富于个性的审美表达方式或者直接描摹真实的现实经验，或者以想象的方式重构现实，并在这一过程中呈现自己的思想倾向和精神追求，从而形成繁复多姿的文学世界。

以"四大名著"为巅峰的中国古典小说传统一直闪耀着现实主义的光芒，尽管《西游记》作为神魔小说充满奇幻的想象力，但其内在气蕴仍旧是现实主义的。晚清及其之后，客观上中国文学被赋予了启蒙和救亡的历史重任，只有关涉民众生活、反映社会现实的小说才更容易被接受，才能更好地起到传播思想、启发民智的作用，因此直面现实的、现实题材的和现实主义的创作成为小说的主流和主体。由于《在延安文艺座谈会上的讲话》发表，现实主义在延安时期即被奉为"正朔"——"我们是主张社会主义的现实主义的"②——这一状况一直延续到20世纪70年代末。进入新时期，尽管有"先锋写作"的探索，但无任何艺术潮流能够撼动现实主义和现实题材写作在传统文学中的稳固地位。

但是，这一状况在网络文学产生之后被改变。在自发阶段，网络文

---

① 毛泽东.毛泽东论文艺 [M].北京：人民出版社，1992：48.

② 毛泽东.毛泽东论文艺 [M].北京：人民出版社，1992：48.

学与传统写作的区别并不大，"榕树下"和一些 BBS 网站上的作品多以"文学青年"的现实题材作品为主。但进入 21 世纪，在网络文学商业化前期，类型小说不断壮大，类型结构不断完善，以玄幻、奇幻、魔幻等为主的幻想类小说得到极大发展，并成为网络文学发展的重要推动力，"《小兵传奇》《诛仙》等玄幻小说则凭借超高的点击量，带动了整个网络文学在 21 世纪前 10 年的崛起。"① 时至 2017 年，"幻想类小说依然在整个创作中占比较大"②。因为玄幻小说大行其道，网络小说也被一些研究者描述为"装神弄鬼"③；同时，幻想类小说发达也成为网络文学区别于传统文学的重要标志之一。幻想类在现实中"遇冷"，如何会在网络中获得发展空间，并形成"一家独大"的局面？简略分析，有以下三方面的原因。

（1）社会变迁为幻想小说开创了读者市场。改革开放以来，中国社会迎来巨变。以经济建设为纲的发展方式使社会生产力获得极大解放，社会物质财富增加，人们的生活方式发生变化，对精神生活的需求不断增加，由此催生了消费文化的繁荣。但是，商品经济时代，"在表面上看，人仿佛获得了更多的自由，仿佛他完全可以按照个人的意愿随心所欲地去安排自己的生活。事实上，在这纷乱而复杂的行为方式背后，恰恰隐含了现代化进程中人的焦虑和选择的不由自主。眼前利益和个人的小小愿望成了这些行动最具支配性的动力。"④ 因此，在消费观念的冲击下，传统文化价值衰落，固有的义利关系、伦理秩序、社会规范等土崩瓦解，

---

① 唐糖小君. 网络文学装神弄鬼，西方科幻小说却大行其道，是否该反思 [EB/OL]. （2018-09-02）[2018-09-11].https：//www.toutiao.com/a6596450150791512579/.

② 中国网信网. 第 41 次《中国互联网络发展状况统计报告》[EB/OL].（2018-01-31）[2018-09-26]. http：//www.cac.gov.cn/2018-01/31/c_1122347026.htm.

③ 张颐武. 中国文学进入装神弄鬼时期 [N]. 中华读书报，2006-06-21.

④ 孟繁华. 众神狂欢——当代中国的文化冲突问题 [M]. 北京：今日中国出版社，1997：179.

信仰迷失、道德衰变问题日渐突出。同时，文化思潮多元化，中心价值被消解，社会整体陷入"文化转型"的痛苦中。面对社会观念变化的洪流，个体的力量无法与之抗衡，因此倍感焦虑和孤独，精神陷入困境之中。伴随物质生活水平的提高，为了寄托心灵，逃避现实，消解精神困境，"闲适"文化兴起，"当中心价值解体之后，一些温和的、怀旧的、消闲性的作品适时地填补了人们的精神空间，这些作品以抚慰或疗治的功能迅速被文化市场接受，从而使时代的文化趋向发生了根本性的转变。"①这其中，能够激发想象力的幻想类文艺作品以其故事的新鲜感和人物的自由度迅速占领读者市场。

（2）"数字化生存"时代的到来催生了幻想小说的繁荣。"计算不再只和计算机有关，它决定我们的生存"，②尼葛洛庞帝预言的"数字化生存"时代来临，人类的生产生活方式甚至生命存在方式都发生了重大变化。互联网作为依靠电子技术建立的数字空间，突破了物质世界中时间和空间的边界局限，极大地拓展了人类的视野和活动范围。相对于由物质构成的客观现实世界，网络空间具有全球化、虚拟性、自由性和交互性等特征，尼葛洛庞帝指出的数字化生存时代的四个特质，即"分散权力、全球化、追求和谐和赋予权力"③，正是基于网络的这些特征而产生的。受到时代变化的影响，文学走向开放和多元是大势所趋，尽管现实主义创作和现实题材写作作为主流文坛的主潮没有改变，但作为大众文学的网络小说在题材和风格的选择上必然呈现异质性。同时，科技创造的虚拟世界和人类的想象世界有着天然的密切联系，作家的想象

---

① 孟繁华. 众神狂欢——当代中国的文化冲突问题 [M]. 北京：今日中国出版社，1997：199.

② 尼古拉·尼葛洛庞帝. 数字化生存 [M]. 胡泳范，海燕，译. 海口：海南出版社，1997：15.

③ 尼古拉·尼葛洛庞帝. 数字化生存 [M]. 胡泳范，海燕，译. 海口：海南出版社，1997：269.

力在网络中得以释放，"互联网这种媒介技术恰好为中国现代的年轻人在现实的物质世界和精神世界外另外开辟了一个虚拟空间——虚拟的身份、虚拟的性别、虚拟的社区，个人主体意志借助文字创造的'主神空间'，在'80后''90后'敏锐地意识到幼年启蒙童话和现实世界的错位后，便成为逃避现实、自我对话以及招待读者客人的主人空间"①，这些都为幻想类小说的繁荣提供了主体性条件。

（3）幻想小说的繁荣是文学完善自身生态结构的结果。文学传统一直存在着两个分支，一是严肃文学的传统，主要是"五四"以来形成的新文学传统，这一传统逐渐演变成今天的主流文学传统；二是现代通俗文学传统，主要是伴随着现代报刊的兴起而在古代类型文学基础上发展起来的大众小说传统，民国时期以"鸳鸯蝴蝶派"作家为主，之后由海外的金庸、梁羽生、古龙、琼瑶、梁凤仪、席娟等传入大陆的作品维系。由于受到政治意识形态的影响，通俗文学长期被主流文坛遮蔽，从而形成了严肃文学"一头沉"的局面。从文学发生发展的角度来看，这种局面不是文学的自然生态，过多地受到了外界的干扰，这也导致了严肃写作与通俗写作不能互相促进的弊端，不利于文学的健康发展。同时，在两个传统的观念和创作手法、题材选择等方面，由于受到唯物主义、理性主义等的影响，现实主义均是一枝独秀，现实题材成为不二的选择，幻想类作品的创作并不入流，仅兼有普及科学知识功能的科幻小说尚能在文学园地中占有一席之地。进入新时期，文学开始步入修复生态的过程，以《故事会》《今古传奇》《科幻世界》等通俗文学期刊为阵地的本土大众文学有了一定起色，直到 21 世纪前后网络文学发展壮大，才争得了在文学界的话语权。同时，步入网络时代，社会思想氛围逐步活跃，信息科技的发展也使人类对世界的认识不断加深，作家被束缚的想

---

① 刘克敌. 网络文学新论 [M]. 南京：凤凰出版社，2011：80-81.

象力获得解放，网络上的幻想类作品大量产生，同步促进了通俗小说类型的新创、分化和完善，文学的生态系统日趋完善。

正是由于这些因素的影响，在传统文学中一直居于正统地位的现实题材在网络文学中风光不再，反倒被曾经声小式微的幻想类作品抢去了风头。

二、戴镣的舞者——现实题材写作的难度及其回潮

幻想文学的兴起无疑挤占了现实题材作品的阅读市场，但这不是现实题材写作在网络文学中处于弱势的根本原因。从读者的分布来看，网络小说的读者流量更多的来自于"增量"，而不是从传统阅读中"抢夺"来的既有粉丝资源，因为在网络小说流行前，传统文学（主要是现实题材作品）不可能有如此庞大的读者群。现实题材在网络文学中没有能够继续发挥优势，除了社会环境和读者的阅读偏好外，题材本身的特性也给作者的创作制造了难度。"题材是文艺作品的构成要素之一。即作品中构成艺术形象和故事情节的具体材料。是作者在观察体验社会生活的过程中，经过选择、集中、加工和发展而确定的。题材选择和处理，与作者的个性、人生经历及文化修养有较大关系，也受制于其情感、思想、艺术理念和创作追求。"[1] 由此可见，选择什么样的题材，怎样处理这些题材，既关乎写作者的人生阅历和生活体验，也受到社会现实的约束。

首先，选择和处理现实题材需要丰厚的实践经验，不是仅凭想象就能够完成的。网络写作者多以年轻人为主，"网络属于年轻人，十年

---

[1]　辞海编辑委员会.辞海（1999年版，索引本）[M].上海：上海辞书出版社，2000：2441.

来成名的网络文学作者中很大部分是刚刚 20 岁出头或者 30 岁出头的年轻人。"①而且低龄化现象呈现加剧的趋势，根据《阅文集团 2015 年原创文学报告》，"'90 后'网络作家正在迅速且大量崛起。数据显示，阅文集团签约作家中，'90 后'的作家数量占 78%，'80 后'占 16%，其余年龄段仅占 6%。"②这些年轻人基本上属于"网生代"，生活相对较"宅"，想象力比社会经验更丰富，因此发现和处理现实题材的能力相对较弱。同时，现实题材写作要遵从客观逻辑，显然不是仅凭想象就能够完成创作过程的，这就限制了作者想象力的发挥。"现实主义文学的'真实'世界观会限制作者创作的可能性"，③对于想象力充沛的年轻写作者来讲，他们更愿意从事幻想小说的创作。

其次，现实题材创作具有现实的局限性。网络虽然是虚拟的、自由的空间，但仍然受到法律和道德的约束。因此，网络言论需要依法表达，网络文学需要依法创作。而从现实生活中选取题材，直接与道德和法律发生关联，极易触碰社会认可度的底线，比如关于恐怖暴力、淫秽色情、民族宗教问题的书写等。同时，由于需要尊重我国的政治制度、历史传统、公共道德观念等基本国情，文学作品中对官场政治生态、人与人之间非正常情感生活、人的特殊生理癖好等的表现有着约定俗成的规范，不能任意突破和改变。由于现实题材创作要考虑以上诸多的禁忌，使小说创作成为"戴着脚镣跳舞"，任凭作者拥有天马行空、恣肆汪洋的想象力，都不能无视现实的规则，这增加了现实题材写作的难度，不少网络写作者对此望而却步。此外，文学网站为避免触及"红线"，也往往偏重于幻想、历史类题材的作品。

① 刘克敌. 网络文学新论 [M]. 南京：凤凰出版社，2011：29.

② 白烨. 中国文情报告（2015—2016）[M]. 北京：社会科学文献出版社，2016：172-173.

③ 王祥. 网络文学创作原理 [M]. 北京：中国人民大学出版社，2015：84.

主流化和精品化既是网络文学发展过程中的内在呼唤，也是社会和读者的期待。在追求消遣娱乐功能的同时，继承现实主义文学传统，彰显现实主义精神和情怀，为读者提供贴近日常生活、呈现大众精神世界、反映普通人理想追求的大众小说，是网络文学的应有之责和必有之义。尽管现实题材写作存在上述难度和局限，但近几年来，这类作品所占的市场比例逐年大幅提升，成为网络文学发展过程中的重要趋势性特征。中国作协网络文学中心发布的《2017年中国网络文学蓝皮书》称，2017年"现实类创作增长显著"，且"现实主义成为中国网络文学'主流化'的年度旗帜和风向标，现实题材作品的大量涌现成为2017年中国网络文学创作的一大亮点"。①

现实题材创作在网络中回潮，主要是以下因素综合作用的结果。

（1）政策引导。现实题材与社会生活结合最为紧密，最能直接反映世道人心。因此，党和国家不断通过文艺政策引导创作者加强现实题材写作，直面现实，关注时代，反映人民心声，以此引领读者精神，进而影响社会生活。在《中共中央关于繁荣发展社会主义文艺的意见》中，提出文艺创作要"生动反映改革开放和社会主义现代化建设的伟大实践，全面展示中国特色社会主义发展前景"，"既要讲好国家民族宏大故事，又要讲好百姓身边日常故事"（第9条）；同时要"组织实施中国当代文学艺术创作工程，科学编制现实题材、爱国主义题材、重大革命和历史题材、青少年题材等专项创作规划"（第13条），可见在题材规划上现实题材居于首位。党的十九大更直接提出"加强现实题材创作"。具体到网络文学，早于这些政策出台之前，国家广电总局2014年发布的《关于推动网络文学健康发展的指导意见》就已经提出，要"引导网

---

① 中国作家协会网络文学中心.2017中国网络文学蓝皮书[EB/OL].（2018-06-04）[2018-09-10].http://www.cssn.cn/wx/wx_whsd/201806/t20180604_4339116.shtml.

络文学创作植根于现实生活，为人民抒写、为人民抒情、为人民抒怀"。十九大之后，在社会部门、行业、协会组织的网络文学作品排行、推荐、评奖、扶持等活动中，现实题材作品在其中均占有不小的比例，从而传递出明确的导向。例如在有关部门组织的网络文学 20 年 20 部作品评选中，现实题材的作品就占了 6 部。①

（2）市场诱导。网络文学由于深受市场的影响，其作为文化工业的特性极为明显，商业化是撬动网络文学发展的杠杆，市场规律在其中起着重要的支配性作用。现实题材在网络中回潮也是与市场的诱导分不开的，其中 IP 改编起着重复作用并具有强大的吸引力。自 2015 年起，网络文学就已经成为最大的 IP 源头，②实体出版、游戏、影视、漫画、有声读物等生产方均从网络文学中寻找 IP，并不断开发出"爆款"产品，电视剧《甄嬛传》是典型的案例。国家对现实题材的提倡适用于各个艺术门类和文化产业内容生产行业，因此，现实题材网络小说成为重点关注的 IP 资源是必然的。以实体畅销书出版为例，网络小说是重要门类。2016 年，网络文学作品转化出版图书 434 部，数量最多的是言情类，其中现实题材的都市言情类 105 部；③2017 年有 466 部，数量最多的仍然是言情类，这其中现实题材的现代言情小说 264 部。④在影视改编方面，2016 年，由常书欣的现实题材网络小说《余罪》改编的自制同名网络剧上线播放，获取了极高的播放量，在豆瓣口碑榜上曾一度突破 9.0 分，并在金骨朵网络影视盛典中获"最佳网络剧"称号。⑤这些都表明，

---

① 张滢莹. 20 部网络文学作品，一代人的写作和阅读如何定义自身价值 [EB/OL]. （2018-04-08）[2018-09-10]. http://book.rednet.cn/c/2018/04/08/4597124.htm.

② 艾瑞咨询. 2015 年中国网络文学 IP 价值研究报告 [EB/OL]. （2016-04-05）[2018-09-12]. https://xw.qq.com/finance/20160405045186.

③ 欧阳友权. 中国网络文学年鉴（2016）[M]. 北京：中国文联出版社，2017：189.

④ 欧阳友权. 中国网络文学年鉴（2017）[M]. 北京：新华出版社，2018：205.

⑤ 欧阳友权. 中国网络文学年鉴（2017）[M]. 北京：新华出版社，2018：9.

成功的市场经验对现实题材创作产生着积极影响。

（3）理性回升。作为大众文学，网络小说虽然主要通过发挥娱乐功能为读者提供休闲、消遣读物，但其对社会的表征作用不可小觑。有学者在评说中国通俗小说的历史贡献时说："有一个观点必须更正，那就是通俗小说仅仅是一种休闲、娱乐的文学，仅仅是写那些社会时尚、颓废文化、家庭伦理、日常生活的'软性生活'的小说。不错，休闲、娱乐是通俗小说重要的美学原则，'软性生活'是通俗小说重要的创作素材。但是通俗小说所表现的美学原则和素材决不仅仅是这些，它还是中国近百年来重大社会问题和历史实践的记录者和文学的表述者。"[①]顾名思义，现实题材是从社会生活中得来的、与作家和读者日常生活相关联的题材，它最重要的特征就是撷取自深厚的生活土壤中的现实性，天然带有现实的体温。相比于幻想类作品，现实题材作品中描写的生活深度反映着当下的时代精神，凝结着作家对现实世界更深入、更系统的思索。现实类小说数量、子类型和读者的增多，反映着大众对社会的关注和期待程度在增加。

（3）类型博弈。网络现实题材创作的活跃，也是网络小说类型间相互博弈的结果。网络小说主要表现为类型小说，依照小说类型学的理论，"经济市场化的深入发展带来了社会的阶层化，社会的阶层化导致了文学审美趣味的阶层化，而审美趣味的阶层化是小说创作类型化的直接动力"，在文化多元时代，"数种文化之间并不是彼此矛盾、你死我活的；相反，它们意识到对方的存在是自己存在的前提"。[②]这一文化前提直接促进了小说类型间的关系是互相区别、互相排斥但又融通共存的，并最终伴随社会文化生态的良性发展实现类型间的大致平衡，这是文学生态自然发展的必然趋势。类型写作在中国古代早已有之，公案、

---

① 汤哲声.中国当代通俗小说史论 [M].北京：北京大学出版社，2007：1.

② 葛红兵.小说类型学的基本理论问题 [M].上海：上海大学出版社，2012：2.

侠义、风月、神魔等类型都有出类拔萃的作品存世，网络小说接续的正是中国古典通俗小说的传统。尽管玄幻小说在平衡严肃写作与大众文学之间的力量时功不可没，但从网络文学内部格局来看，玄幻小说的疯狂生长显然制造了新的不平衡："在相当长时间内，中国网络文学中玄幻类作品一家独大，明显影响了网络文学的丰富性和生态环境。"①现实类型在长期萎靡之后如今开始勃兴，也预示着网络文学的生态趋向良好。

三、严肃与变形——网络现实题材小说中的故事与世界设定

文学是语言的艺术，语言是文学的第一要素，也是最重要的审美要素之一。作家写作的出发点和重心也在于如何用个性化的语言表情达意；读者阅读一部文学作品，首先接触到的是语言，作品蕴含的审美元素都是通过语言来传达的。但是，当互联网时代的通俗文学以"网络 + 小说"的样式呈现在读者面前时，语言问题退隐幕后，以人物为主角的故事情节的地位显著上升，成为最重要的叙事要素。一部网络小说能够博得读者和 IP 开发商的青睐，甚至文本经翻译之后能够在海外传播，都是因为拥有能够激起阅读兴趣的故事情节。显然，这与当下纯文学写作中"消解故事"的趋势是完全相反的。对故事的依赖伴随着人类诞生和发展的历史，在已经模式化为文化母题的古老故事中更隐藏着人类自身的秘密。海量的作品证明，在某种程度上，中国网络小说的发展展示了人类复杂的故事能力和中华民族悠久的故事传统，丰富了已有的故事

---

① 陈崎嵘. 现实题材创作：网络文学必须攻克的一个高地 [J]. 网络文学评论，2018（2）.

模式和讲述方式。

　　究竟何为故事？"故事可以有许多定义，但是对于写作者，最有意义的可能是如下的定义：故事是主要人物在设定世界中的行动及其结果。"① 在这个定义中，提出了建构故事的一个关键环节，就是人物要在"设定世界"中行动。"设定世界"事实上是人物赖以生存的环境，也是故事得以发展的物质空间。按照马克思主义的观点，人是环境的产物，人也必须依赖环境而存在，人的社会实践活动必须也只能在客观世界里进行。由此可见，设定世界是讲述一个能够令人相信的故事的关键所在。"设定世界"的属性也是判断和划分小说类型的基础性要素，我们依据"设定世界"与真实存在的客观世界的关系来判定小说是幻想类作品还是现实类作品。作者在小说中设定世界的方式，体现着作者是幻想的、虚构的还是现实的世界观。例如玄幻、仙侠、穿越等幻想类型作品，通过再造新世界的方式，在故事中建构起了与客观世界不同的虚拟世界，展现了人类无穷的想象力，极大地拓展了人类的想象空间。以《龙血战神》（作者风青阳）为例，小说将时间回溯到上古世纪天地初开的时代，主角龙辰的故事发生在"龙祭大陆"上，龙辰通过父亲遗留的玉佩继承了神龙的精血，成为亿万年来可以号令天下神龙的"祖龙武者"。小说里的"上古世纪"与"龙祭大陆"和人类生存的真实时空并没有直接对应关系，完全是虚构出来的玄幻世界，主角也不是生物学意义上的人类，而是具有异能的特殊物种。又如《巫神纪》（作者血红）书写"巫"和"巫神"的世界，《武动乾坤》（作者天蚕土豆）里的故事则发生在"天玄大陆"上。这些小说里的故事世界和角色的创设方式在很大程度上超出了传统小说的范畴，作者扮演了一个"创世者"和"封神者"的角色，用虚拟的手法再造了新世界和新物种。

---

　　① 王祥. 网络文学创作原理 [M]. 北京：中国人民大学出版社，2015：217.

但是，现实题材写作远没有幻想小说这般自由。从严格意义上讲，现实题材作品要完全尊重创作客体的客观实在性和真实性规律，其设定世界应当与我们身在其中的客观世界具有相同的属性和映照关系，其中人物应当是生物学意义上的人类，角色的行动符合客观世界里的逻辑规律。当然，小说是虚构的世界，小说里具体情节的真实是文学的真实，并非照搬照抄现实生活，"作家并不时时处处受真实的生活制约，作家完全可以仅仅根据现实生活中那么一点点事情的启示，就虚构出一个看起来完全真实的故事。这里就出现了现实主义文学的一个'悖论'：它是想象的、虚构的，甚至是完全想象和虚构的，但又要尊重客体固有的内在逻辑的规定。""所谓真实性并不是如实描写生活本身，而是指作家所构思、所想象、所描写的对象的内在逻辑性。"[1]可见文学世界与客观世界之间虽然渗透着作者的主观性，但其运行规则必须符合客观世界的规律。也就是说，虽然故事和人物都是虚构的，但是"设定世界"具有可还原性，即小说描写的俗世生活是可以在现实世界中被还原的。这是传统写作中绝大部分现实主义小说处理设定世界的方法，也是通常意义上的现实题材写作中唯一的世界观。从古典的《水浒传》《三国演义》《红楼梦》到当代的《古船》《白鹿原》《秦腔》等，无不遵守这一法则。

传统现实主义处理现实题材的方法为大众读者所熟悉，也成为网络现实类小说的经典范式，近几年涌现出的优秀现实题材网络小说中，其创设世界、人物和故事的方式大部分是严肃的现实主义手法。比如《复兴之路》（作者阿龙）以改革开放为背景，以国企改革为主线，讲述了大型国企红星集团在困顿中改革、从衰落中复兴的故事。作品真实呈现国企的困境和复兴艰辛，集中笔墨着力塑造了一群国企人，特别是陶唐

---

[1] 童庆炳. 童庆炳文集（第一卷）[M]. 北京：北京师范大学出版社，2016：121.

这样一个新型改革者形象，让人们真实了解了国企改革的艰难历程，看到走出困境的希望所在。作品题材重大、内容厚重、人物光亮、叙事清爽，绘制出一幅极具时代气息的历史画卷。《全职妈妈向前冲》（作者清扬婉兮）将目光对准现实生活中的全职妈妈，以孩子出生给家庭和婚姻生活带来的改变为切入点，以三个不同性格的女性为叙述对象，着重描写了全职妈妈的生活状况和心理变化。真实反映了时代演进和社会变迁给普通女性带来的种种冲击，从某种角度上呈现出日常生活和人生真相，也折射出人性复杂。小说经由人物的爱情旅程和婚姻结局，体现出鲜明的人生观、爱情观和家庭观。这类作品最为常见，再如《南方有乔木》（作者小狐濡尾）、《致我们终将逝去的青春》（作者辛夷坞）等。这些作品以对当下的和日常的表达回应时代关切，反映现实生活，表现时代精神，其设定世界和故事的方式完全遵照了传统现实主义的方法。

除了严格遵循现实世界逻辑的严肃现实主义作品之外，现实题材写作的边界在网络文学中得到拓展。在一些网络现实类型小说中，从整体上看，设定世界和人物仍然与现实生活有着本质联系，但部分形式、功能和逻辑偏离了现实的真实逻辑，设定世界发生某种变形。最常见的情节是人物角色在某种异能或超自然力量的帮助下，部分超越现实世界，但是人物的主要活动和人生命运基本遵循现实逻辑，故事主要反映现实生活，只不过作者的主观想象使客观规律发生了暂时的变形，变形之后的世界形成了与客观现实相似但又虚拟的空间，由此形成了小说中的穿越情节。《大国重工》（作者齐橙）用小说的手法描绘了我国重型装备工业发展的曲折历程，主人公冯啸辰从现在穿越回了 20 世纪 80 年代，与那个时代的人们一起，用汗水和智慧铸就大国重工。《黄金瞳》（作者打眼）中的小职员庄睿，在遭遇一次意外之后眼睛具有了异能，能够看到古物身上蕴含的历史信息，他所生活的环境仍然是真实的世界，但每当他动用异能时，即进入了一个虚幻的世界。与此相似的还有《大宝鉴》（作者罗晓），主人公许东在典当父母遗物时偶得特殊异能，从此开启惊险之旅的传奇故事。主人公以鉴宝、寻宝为能事，驰骋于珠宝古董搭就的情场与市场，在人生的爱恨情仇中历练自己。作者善于编织故事，更善于刻画人物，且拥有丰厚的珠宝知识与坚实的国学功底，使作品具有较强的知识性、探索性和可读性。

这些小说中的人物所具有的异能，以及世界因此而发生的变形现象，在现实生活中是不可能发生的，但是这样的情节被作者编织进故事之中，通过上下文的铺垫，使之有了一定的文学的合理性，这个合理性是建立在作者与读者之间约定俗成的文学契约上的，即双方都明白其中的虚拟性。我们或将这种方法与修辞中的夸张手法对应起来，但是后者只用来修饰所述及事物情状或行动的程度，并无对客观法则的改变。在对现实的书写中让设定的世界变形的方法明显受到了幻想小说的影响，使现实题材作品有了玄幻小说的影子。严肃的现实主义由于不能拉开与现实生活之间的距离，对于需要通过网络小说来消遣和娱乐的读者来讲，未免过于整肃和严谨。将现实题材做变形处理，在使读者体味到现实精神的同时，更增加了想象的空间，使阅读过程有了快感。从这一角度说，也是作者为迎合大众阅读习惯和审美兴趣而进行的改变。

四、有"现实"也要有"主义"——问题及对策分析

尽管网络现实题材创作有回升的态势，但是目前的状况仍旧不容乐观。从宏观层面上看，现实题材作品总量少、精品少、有社会影响力的

作品少，已经成为制约网络文学主流化和精品化的重要问题，甚至成为事关整个行业能否正常存续的关键问题，"这是一个挑战，是一道难题，也是必须攻克的一个高地。能否攻克这个高地，涉及中国网络文学能飞多高，能走多远？"①从微观层面上看，在既有作品和当下的创作中普遍存在的一些共性问题，影响了网络文学总体质量的提升，"网络文学作品中现实题材创作、现实主义精神体现、现实主义手法运用，乃至用现实主义标尺评价作品，都还是薄弱环节。"②主要表现在以下几个方面。

（1）价值导向方面。一些现实题材作品通过感官刺激博取读者眼球，对隐私行为的生理反应、心理体验和场面描写不吝笔墨，其中不乏淫秽、色情、暴力等内容，或者以"打擦边球"的形式规避法律和技术监管。还有一些作品热衷于表现非常态化的情感，比如一些校园青春类小说描写同性恋、师生恋，一些女生站中充斥着大量耽美类作品等。更有一些作品打着现实题材的旗号，通过想象虚构没有任何现实根据的故事，这在军事文、特战文、探险文、反恐文等类型中最为常见，有的甚至虚构出并不存在的国际局势和国际矛盾，这极易引起现实的争端。在一些关涉历史的现实题材小说中，不乏历史虚无主义的内容出现，例如一部反映中国革命和建设史的小说，作者塑造的人物形象中，有一位武昌首义的领导人，还有一位我党派往武汉筹组长江局的领导人。就小说本身来说，这两个形象性格鲜明，为小说增色不少。但是，历史上确实有这样两位领导人，而小说中的人物却与历史上的真实人物没有任何关系，虚构的情节篡改了历史的本来面目。一些描写"豪门恩怨"的小说观念落后，没有表现人类的文明和进步，缺乏现代意识，故事设定在当

---

① 陈崎嵘. 网络现实题材创作：网络文学必须攻克的一个高地[J]. 网络文学评论，2018（2）.

② 陈崎嵘. 网络现实题材创作：网络文学必须攻克的一个高地[J]. 网络文学评论，2018（2）.

代，但人设套用旧社会的模式，家庭成员之间等级森严，主仆地位分明，充斥着封建制的影子，从本质上看这种小说是反历史的。一些"变形的现实主义"作品中，人物依靠非现实、非自然的异能，以"金手指"、开"外挂"等"外科手段"来解决现实生活中的矛盾，而放弃了个人奋斗，从而使小说缺乏励志效果。

（2）世界设定方面。现实题材小说由于受到客观规律的制约，设定世界极易出现问题。在严肃的现实主义作品中，一些现实类型作品中故事发生和人物生活的世界距离客观现实差距太大，缺乏现实根据。比如一些爱情小说，俊男靓女仿佛生活在真空之中，不为生计奔波，也不为事业努力，日常生活就是卿卿我我，这种只供人谈恋爱的世界是不存在的。还有一些作品以学生为主角，故事发生在校园里，但是情节却完全脱离校园生活的实际，客观世界被任意挪移。在变形的现实主义作品中，出现最多的问题是客观世界与穿越后的平行世界混淆，使得变形的情节缺乏必要性。一部城市商战小说，其故事背景是现代都市，人物也是现实社会中存在的角色。但小说中有一个功能性人物，试图窃取竞争对手的商业机密，他的手段是靠自己做梦的异能，常常在梦的指引下去搜罗对方的商业情报，甚至在梦中从真实的北京穿越到真实的深圳。显然，穿越之后架空的"平行世界"与客观世界没有区别，现实世界里的角色在一个以客观逻辑建构起来的故事里做了违背客观规律的事，小说失去了文学真实性。此外，一些行业文因为需要专门的知识和经验，稍有不慎就会出现知识性错误等硬伤，有的作者没有当过警察，也不去深入了解警察的生活，所写的"警察故事"全凭捏造，漏洞百出。

（3）表现手法方面。在现实题材小说中，有"现实"没"主义"的现象非常严重。网络文学被斥为"胡编乱造"，很大程度上是因为作品缺乏艺术性，这成为网络小说无法获得文学认同的短板，这一点在现实题材作品中表现尤甚。除了套路化、同质化、模式化这些网络文学的通病之外，很多网络现实题材小说对现实的反映简单化、单极化、畸形化，只满足于讲故事，用极为粗疏的叙述铺排环境和人物，把角色的人生历程和命运转折写成流水账，除了用矛盾冲突和感官刺激描写制造出阅读吸引力，整部作品读起来寡淡无味，引不起任何审美体验。一些作品对现实生活没有艺术提炼，把客观真实等同于文学真实，陷入客观逻辑中不能自拔，"照猫画虎"翻版现实生活，缺乏想象空间和主题高度，只写出了"来源于生活"的部分，却没有实现"高于生活"的目标，对生活的艺术表现力低。恩格斯在《致玛格丽特·哈克奈斯》的信中指出："现实主义的意思是，除细节的真实外，还要真实地再现典型环境中的典型人物。"[①]高尔基进一步解释说："现实主义到底是什么呢？简略地说，是客观地描写现实，这种描写从纷乱的生活事件、人们的相互关系和性格中攫取那些最具有一般意义、最常复演的东西，组织那些在事件和性格中最常遇到的特点和事实，并且以之创造成生活画景和人物典型。"[②]尽管大众文学自有其内在的原理，我们不能像评价传统现实主义小说那样评价网络现实题材作品，但是现实主义仍然应该是处理现实题材最重要的方法，相比于现实主义的标高，网络小说还有巨大的差距。

现实题材作品数量不足和质量不优的问题直接影响了网络文学的整体水平，从阅读偏好上看，并不是因为读者只爱"玄幻"而不喜欢"现实"，只是因为书写现实的最优秀的作品没有出现在网络中，而是在传统文学中，丰富的"纯文学"意义上的小说和通俗文学畅销书满足了读者对这类作品的阅读需求。

---

① 中国作家协会，中央编译局．马克思、恩格斯、列宁、斯大林论文艺 [M]．北京：作家出版社，2010：139．

② 高尔基．俄国文学史（1908—1909 年）[M]．缪灵珠．译．北京：新文艺出版社，1956：207

网络现实题材小说如果想赢得读者，就必须恢复作家同现实的审美关系。因此，网络现实题材需要着重强调以下对策。

　　（1）现实题材写作要"在地"。题材的本质是材料，选择现实题材进行创作反映的是作者关心现实生活的态度，这是值得赞扬的。但是，题材又不完全是客观的材料，它又带有一定的主观性。因此，对材料所呈现的具体生活的选择体现的是作者的立场、襟怀和格调。所谓"在地"，就是所选择的题材要贴近人民群众的日常生活，要写为人民群众熟悉的，能反映普通大众衣食住行、喜怒哀乐、爱憎忧惧的作品。《复兴之路》写国企改革，《全职妈妈向前冲》写居家女性的生活，《糖婚》（作者蒋离子）写年轻人的爱情生活，这些作品所反映的生活为读者关心和熟悉，再辅以作者用心写作创造的优秀文本，就像长在肥沃土地上的大树，在读者中立得住、站得稳、传得开。反之，那些书写"豪门恩怨""霸道总裁"等的作品，看似现实题材，实际是披着现实外衣的假象之作，情节基本靠猜想和虚构得来，没有现实基础，也缺乏现实根据的想象，不能给读者提供有益的阅读感受，自然不会为读者看重。"在地"不仅体现了以人民为中心的创作导向，同时也是大众对网络文学的要求，即便是现实题材，但那些与大众生活有隔膜、疏远大众的写作也不可能受到读者喜爱。

　　（2）现实题材写作要"在场"。所谓"在场"，就是创作要在"现实之场"和"逻辑之场"中。"现实"在文学中有多种解法，可以有历史的现实、当下的现实和未来的现实之分。但是对于现实题材创作来说，无论反映哪种"现实"的写作，归根结底都是从客观世界里发生的社会生活实践中选材。尽管文学真实并不等于客观真实，但是客观真实是文学真实的基础，无论进行怎样的艺术加工，现实题材小说里的生活要遵循客观世界里的逻辑规律。在小说的创作和阅读过程中，作者与读者之间有一份隐含的真实性"契约"，失去了真实性，小说就不可能得到读者的信任。这也给作者提出了要求，作者要与所写的生活保持"在场"，即要写个人熟悉的生活，写陌生的生活必然导致出现硬伤。对此，要正确看待"变形现实主义"中改变物质世界运行规则的做法，作为网络小说中独有的技巧，看似它丰富了现实主义的表现手法，拓展了现实题材写作的边界，但从根本上是违背客观规律的，不宜大加提倡，只能将其当作文学虚构的一种具体方法。

（3）现实题材写作要"在心"。现实是艺术的源泉，是艺术世界的"底片"，不仅小说里的世界架构要以此为蓝图，更要反映现实生活中的世道人心。具体到网络现实题材的创作中，一是要反映人的正常欲求和生活趣味，不应当通过淫秽色情、血腥暴力、畸变心理等以对非常态的、非健全的生理欲望和行为的描写来刺激读者的感官。这不仅关系到作品的格调，更关系到是否合法的问题，这是文学创作的底线。二是传递为大众和社会普遍接受的情感、道德和价值观念，不反对描写"一女 N 男玛丽苏"式的爱情"白日梦"，但反对违背人类正常伦理关系的"人设"；"可以描写黑道，但不能鼓吹黑道"；"可以描写屠杀，但不能欣赏屠杀。可以描写独善其身，但不能赞美损人利己。可以描写竞争，但不能兜售丛林法则"等。[1] 三是作品要传递"正能量"，为读者提供积极向上的精神引导。要多反映普通人励志向上的进取之心，少描写富豪权贵身上的风花雪月。在一些关涉民间风俗的写作中，尤其要注意抵制落后文化和思想的侵蚀，防止一些作品打着弘扬传统的旗鼓吹巫术迷信、堪舆风水、算命卜卦等文化糟粕。[2]

---

① 陈崎嵘. 网络文学不能以人民币为中心 [EB/OL]. （2013-05-30）[2018-09-20]. http://cul.qq.com/a/20130530/022213.htm.

② 桫椤. 恢复创作与现实的审美关系 [EB/OL]. （2018-03-06）[2018-09-12]. http://guancha.gmw.cn/2018-03/06/content_28977019.htm.

五、结语

　　媒介融合时代，网络对文艺的影响不仅仅是提供了与传统不同的载体那样简单，更重要的是改变了为文艺提供土壤的社会生活，以及人的文化心理结构。无论创作、传播、接受还是评价层面，网络时代的文艺面临全新的形势。文学通过唤起读者的审美体验而使作品中蕴含的价值影响社会，传播影响力随媒介载体的分众化程度扩大而增强。海量的文本和以亿计数的读者量，证明了网络小说的影响力已经远胜于传统文学。文学类型化表征出来的社会阶层化的审美趣味，在互联网时代成为网络小说类型细分的根据。"类型化写作的最大局限在于隔断了文学与现实生活的依存性关联，使网络文学面临自我重复、猎奇猎艳、凌空蹈虚的潜在危机。这样的写作与我们的民族和文化、与我们生活的这块土地是隔膜的，对现实的生活和社会矛盾是回避的，与读者实现内心交流的东西很少。"[1] 网络现实题材小说对于表现社会生活、反映大众精神世界、展现时代风貌的主题来说，是其他类型不能比拟的。玄幻小说对人类想象力潜能的挖掘有目共睹，但读者不可能只在幻想世界里生活，生活必须落地。网络现实题材小说既是强大的现实主义传统在网络中的让渡，也是读者和社会对网络文学必有的期待。作家处理现实题材最有力的武器就是现实主义创作方法，在传统的严肃现实主义之后，网络小说通过设定世界的变形拓展了现实主义的边界，这一变化既可以只将其当作一种文学虚构的手法，也可以将其看作网络文学与传统文学融合的细微症候。总而言之，幻想类和现实类作品是"鸟之双翼，车之两轮"，无疑，网络文学健康有序发展的标志就是"双翼齐飞""双轮同步"。

---

　　① 欧阳友权. 当下网络文学的十个关键词 [J]. 求是学刊，2013（3）.

第四章 论移动互联网时代文学性的泛化与扩张 ①

西安邮电大学人文社科学院　　翟传鹏

随着移动互联网技术的发展，新媒介逐渐改变着社会的文化生态，重塑着人们的生活习惯，媒介逻辑成为影响人们思想与行为的重要因子，我们迎来了一个媒介化的时代。在媒介化时代，文学形态与文学生活都发生了巨大变化。一方面，新的日常生活经验进入审美领域，日常生活审美成为新的审美范式。另一方面，文学性发生了危机，文学性泛化。这二者相互联系、共同作用，直接影响了我们当下文艺的生成机制。

一、文学性：在批评史的链条中

"文学性"（literariness）是一个历久弥新的话题。文学性包含三个方面的内容："①作为文学的客观本质属性和特征的文学性；②作为

---

　　① 本文为陕西省教育厅专项科研计划项目《媒介化时代作家创作心态与时空观念研究》（17JK0683）阶段性成果。

网络文学批评

人的一种存在方式的文学性；③作为一种意识形态实践活动和主体建构的文学性。"①文学性显然是一个十分复杂的概念，它涵化于文学客体中，同时又关涉审美主体，并与文学的审美意识形态属性紧密相连。我们所讨论的，主要是引文的第一方面的内容，第三方面也有所论述。

"文学"这一概念产生的时间并不长，西方的现代"文学"观念只有 200 年左右的历史。据考证，在英语中，"文学"（literature）一词最早出现在 14 世纪，其最初的含义是泛指一切文本材料而非文学，与今天的文献学近似。今天的文学"限指文学艺术，即想象性的文学（imaginative literature）"②。据乔纳森·卡勒研究，法国批评家史达尔夫人在《论文学》（1800 年）中首先确立了文学是"想象写作"的观念。在 19 世纪的欧洲，文学具有了某种类似于宗教的社会救赎功能，现代文学观念得以确立。③

"文学性"这一概念由俄国形式主义论者于 20 世纪 20 年代提出。雅各布森说："文学科学的对象不是文学，而是'文学性'，也就是说使一部作品成为文学作品的东西。"④雅各布森对当时研究文学的各种方式（例如个人生活、心理学、政治、哲学等）极为不满，认为这些研究者就像是"一名警察，他要逮捕某个人，可能把凡是在房间里遇到的人，甚至从旁边街上经过的人都抓了起来"，他认为这种文学研究方法只是"一堆雕虫小技，而不是文学科学"，其研究所得只能作为文学研

---

① 周小仪. 文学性 [J]. 外国文学，2003（5）：51.

② 勒内·韦勒克，奥斯汀·沃伦. 文学理论 [M]. 刘象愚，等，译. 南京：江苏教育出版社，2005：11.

③ 周小仪. 文学性 [J]. 外国文学，2003（5）.

④ 托多罗夫. 俄苏形式主义文论选 [M]. 蔡鸿滨，译. 北京：中国社会科学出版社，1989：24.

究的"不完善的二流材料"①。在雅各布森看来，文学研究要面对真正的文学本体，要揭示文学的特性，并把这种特性也就是文学性作为文学这门学科的研究对象。这一理论直接影响了韦勒克。在《文学理论》中，韦勒克把文学研究划分为外部研究和内部研究两类，他认为诸如传记研究、作家研究、社会学研究、思想史研究、各门艺术的比较研究等都属于文学的外部研究；而诸如格律、文体、意象、隐喻、叙述、类型、作品的存在方式等研究则属于文学的内部研究。韦勒克高度赞扬后者，认为它们才应是文学研究的对象和主要方式，而对前者颇有微词。对以诗歌写作和语言学研究见长的俄国形式主义者而言，文学性更多存在于语言层面上，他们热衷于"诗的语言"和"文学语言"，而排斥"实际语言"和"日常语言"。在雅各布森看来，文学性就存在于作家对日常语言的变形、强化甚至破坏、扭曲中。而什克洛夫斯基提出了"陌生化"理论，成为俄国形式主义"文学性"研究的重要成果。在什克洛夫斯基看来：

> 那种被称为艺术的东西的存在，正是为了唤回人对生活的感受，使人感受到事物，使石头更成其为石头。艺术的目的是使你对事物的感觉如同你所见的视像那样，而不是如同你所认知的那样；艺术的手法是事物的"反常化"手法，是复杂化形式的手法，它增加了感受的难度和时延，既然艺术中的领悟过程是以自身为目的的，它就理应延长；艺术是一种体验事物之创造的方式，而被创造物在艺术中已无足轻重。②

我们的日常生活是自动化的，对于任何事物而言，其新鲜劲过去之后，就进入了一个见惯不怪和重复化的自动状态。如第一次坐飞机，我

---

① 托多罗夫.俄苏形式主义文论选[M].蔡鸿滨，译.北京：中国社会科学出版社，1989：24.

② 什克洛夫斯基，等.俄国形式主义文论选[M].方珊，等，译.北京：生活·读书·新知三联书店，1989：6.

们会对一切都非常新奇，对飞机自身，对那舷窗外的云彩，都会产生一种儿时对"飞毯"般的感情。而当乘飞机仅是一般交通方式时，这种感觉便消失了，我们进入了"自动化"的状态。陌生化是和自动化相对的，其目是唤回人们原初的兴奋感，唤起人们探究事物的兴趣，从而保持思维的敏锐性。因此，在文学创作中，要以"反常化"的手法重新唤醒沉睡的心灵，"用强化、凝聚、扭曲、拉长、缩短、重叠、颠倒等手法技巧，使日常语言变成文学语言"①，以此来增加感知难度，延长感知时间，寻找艺术的诗性和新奇感。

应该看到，俄国形式主义的"文学性"更多定义在语言层面上，其产生与 20 世纪哲学的语言学转向（The Linguistic Turn）密切相关。20 世纪初以来，语言成为现代哲学反思自身的起点和基础，文学性的观念在这一哲学思潮的背景下出现，并进一步推动了"语言学转向"。俄国形式主义把文学性简约为文学的语言形式、语言特性和语言功能的做法对后来的文学理论产生了深远影响。英美新批评在俄国形式主义基础上，将关注对象从诗歌转向了更广阔的文本，但他们同样强调语言形式、语言特性和语言功能的重要性，并"把文学性拓展为文本语义的多重性和复义性"②。如韦勒克的《文学理论》强调要研究文学语言的歧义性、暗示性、情感性、象征性，文学的虚构性、想象性、创造性等基本特征，以及隐喻、陌生化、戏仿、复义、张力、悖论、反讽等艺术手法。新批评将"文本"（Text）视为一个自主的客体，重在分析文学文本语义结构的多重性及其所产生的朦胧之美，推崇语义结构的朦胧性和复杂性，"是否具有语义叠加、语义冲突、语义交织、意义复杂等特征成为新批

---

① 杨蠡.文学性新释 [J].上海师范大学学报（哲学社会科学版），2010（2）：108.

② 杨蠡.文学性新释 [J].上海师范大学学报（哲学社会科学版），2010（2）：109.

评区分文学文本和其他文本最根本的标准。"① 而"到了法国结构主义那里，文学性则进一步演变为超文本的深层结构（抽象的乐谱结构、功能模式、序列组织、符号矩阵等）或神话原型"②。在后现代思潮影响下，文学性成为能指符号的游戏，被视为作者社会文化角色的功能发挥（福柯）、文本的互文性（克里斯蒂娃）、读者的阐释语境（文化诗学）、反意识形态的"狂欢"（巴赫金）等，文学性的指涉在立足于语言的同时，其范围也日益扩大。

二、移动互联网时代文学性的泛化

对于文学性的理解不是固步自封的，"文学是发展的，文学观念也是发展的，文学性也因此是变化发展的。有多少种文学观念，就会有多少种对文学性的理解。"③ 今天的文学性也关乎新的理论困境与现实难题。米勒有云：

自 1979 年以来，文学研究的中心有了一个重大转移，由文学"内在的"修辞学研究转向了文学"外在的"关系研究，并且开始研究文学在心理学、历史或社会学语境中的位置。换而言之，这种转移从对"阅读"的兴趣，即集中研究语言及其本质与能力，转向各种各样的阐释性的解说形式上去，其关注的中心在于语言与上帝、自然、历史、自我等诸如此类常常被认为属于语言之外的事物之间的关系。由于其兴趣产生了位移（或许难以理解，但这种位移肯定是"决定性的"），因此，文

---

① 支宇.文本语义结构的朦胧之美——论新批评的"文学性"概念 [J].文艺理论研究，2004（5）：95.

② 杨矗.文学性新释 [J].上海师范大学学报（哲学社会科学版），2010（2）：109.

③ 童庆炳.谈谈文学性 [J].语文建设，2009（3）：56.

学的心理学理论与社会学理论，如拉康式的女权主义、马克思主义、福柯主义等，就具有了一种空前的号召力。与此同时，一些早于新批评、已经过时了的注重传记、主题、文学史的研究方式开始大规模地回潮。①

也就是说，文学研究的重点从以往的语言领域扩展到其他领域，文学研究从研究语言的言说、语言的结构关系及其能指符号转到研究语言与其他社会因素的关系上来，以"阐释"代替了"阅读"，先前被弃之不用的"外部研究"重新回归文学研究的视野，并被赋予更多的意义。这种"位移"与"转向"生成了许多重要的理论观念。同时，在这种意识的强化下，文学生产者也有意地寻找文学突破的新空间，并与时代精神的变迁和新旧媒介的更替过程结合在一起，形成了新的创作范式。在这一过程中，文学性呈现扩散和泛化的趋势。

新形态的文学越来越成为混合体。这个混合体是由一系列的媒介发挥作用的，所说的这些媒介除了语言之外，还包括电视、电影、网络、电脑游戏……诸如此类的东西，它们可以说是与语言不同的另一类媒介。然后，传统的"文学"和其他的这些形式，它们通过数字化进行互动，形成了一种新形态的"文学"，我这里要用的词，不是"literature"（文学），而是"literariy"（文学性），也就是说，除了传统的文字形成的文学外，还有使用词语和各种不同符号而形成的一种具有文学性的东西。②

在米勒看来，互联网时代的文学文本革新了以往的文本形态，而以一种新的跨媒介形态出现。新形态的文学首先还是主要以语言的形态呈现；其次，它可能会与新媒介手段相结合，形成数字化互动；最后，这种新形态文学的符号意义未曾消退，它还是意义的生产品。但这种新形

---

① 希利斯·米勒. 重申解构主义 [M]. 郭英剑，等，译. 北京：中国社会科学出版社，1998：216-217.

② "我对文学的未来是有安全感的"——希利斯·米勒访谈录 [N]. 文艺报，2004-06-24.

态的"混合体"文学毕竟不同于我们以往的文学形式，除了语言文字，它还包容其他的意义符号，这与我们以往的审美范式区别较大。这种新形态的文学可能不是我们传统观念中的"文学"，但却毫无疑问是"具有文学性"的。这是文学性泛化的一个表征。

今天的汉语文学也呈现出这样的表征。

我们在21世纪所见证的文学景观是：在严肃文学、精英文学、纯文学衰落、边缘化的同时，"文学性"在疯狂扩散。所谓"文学性"的扩散，可以从两个方面来理解（或者说有两个方面的表现），一是文学性在日常生活现实中的扩散，这是由于媒介社会或信息社会的出现、消费文化的巨大发展及其所导致的日常生活的审美化、现实的符号化与图像化等造成的。二是文学性在文学以外的社会科学其他领域渗透。①

随着社会生态的变化，尤其是移动互联网时代媒介文化的崛起，新的生活经验大量涌现，如何处理这些经验是一个非常棘手的难题。一方面，这些新鲜经验如何进入文学文本，丰富文学实践，是作家和批评家们非常焦虑的问题。另一方面，原有的那种严肃、高蹈的审美经验也在寻求下移的空间，以适应发展着的社会对人的重新规训，当日常生活审美成为一种潮流后，文学性或艺术性也势必会扩散到日常生活领域，如何对这些新的现象进行评判也是一大难题。同时，"由于语言学知识的普及和渗透，由于后现代建构主义的知识论对现代本质主义的知识论的解构，后现代社会科学出现了全面的文学化倾向。"② 因此，文学研究领域的这些新变化也会影响到其他的文化研究领域，从而有可能重塑整个人文学科的研究范式。由此，卡勒才说："文学可能失去了其作为特殊研究对象的中心性，但文学模式已经获得胜利；在人文学术和人文社

---

① 陶东风. 文学的祛魅 [J]. 文艺争鸣，2006（1）：12.

② 陶东风. 文学的祛魅 [J]. 文艺争鸣，2006（1）：13.

会科学中，所有的一切都是文学性的。"①

我们可以从两个维度来进一步讨论文学性泛化的趋势。

1. 媒介文化的平面化与文学性泛化

深度感的丧失是媒介文化的一大特点，按照詹明信的说法，"平面化是后现代文化第一个、也是最明显的特征。"②后现代主义以游戏、戏仿和解构等方式消解了宏大话语，以往的崇高理想、深度思考、独特经验都消失了，整个文化呈现出均质化、抹平化的特点，看似无深度意义，也无重大价值，甚至缺乏必要的情感。总之，"后现代文化已经丧失了老的现代主义的'颠覆性'（既是美学上的也是政治上的）"③。移动互联网的出现使平面均质化文化的传播变得极其便利，数字复制时代的艺术更趋于取消和肢解深度模式。表面上看，这种平面、无深度的文化似乎与文学性绝缘。倘若依据俄国形式主义文学性研究的语言学范式来分析今天许多的后现代文本，我们也容易得出文学性"缺位"的结论。但事实上，在后现代文本的零散化、非中心化的同时，整个社会生活也变得文本化与符号化了，这包含在了商品、传媒、行为、言语等各个方面。在今天广义的文本中，文学性非但未消失，反而更加扩散与泛化了，它往往以改头换面的形式出现。我们之所以对其熟视无睹，当是我们的批评自身出了问题。如网络文学发展20年了，其整体上给人感觉数量巨大，质量有限，予人的第一印象是"平面化"。这是一类快餐式的写作，充满雷同与机械复制，但并不乏一些具有独特魅力的作品。由于网络书写

---

① 蔡志诚. 漂移的边界：从文学性到文本性 [J]. 福建师范大学学报（哲学社会科学版），2005（4）：42.

② 詹明信. 晚期资本主义的文化逻辑 [M]. 陈清侨，严锋，等，译. 北京：生活·读书·新知三联书店，1997：440.

③ 马泰·卡林内斯库. 现代性的五副面孔 [M]. 顾爱彬，李瑞华，译. 北京：商务印书馆，2002：314.

没有太多规矩束缚，一些真性情的文字得以出现，许多文本天马行空、无所顾忌、自然而率性，甚至妙趣横生。即便是拂去泡沫，披尽黄沙，我们发现这样的作品也葆有巨大的数量，这源于网络书写绝对数量的庞大，这是文学性泛化的一种表征，但对其研究与批评却一直没有到位。

以诗歌为例，诗歌一直被视为最纯的艺术、最高级的艺术，"在古希腊神话时代即有语言神予、诗优于其他艺术的观念。诗与神启神力神语有关，其他艺术却只是人力之作。有关诗的神性信念一直是其后有关文学的精神性本质优于其他艺术的观念来源。传统思想预设了精神优于物质、心灵高于感官、神性超于人性的价值坐标，相对于别的艺术，文学离精神、心灵和神性最近。因此，从亚里士多德到黑格尔，诗都被看作最高级的艺术。"① 在 20 世纪 80 年代，诗歌曾经创下现代汉语写作前所未有的辉煌成就。一方面，诗歌承担着理性启蒙的重任，大声疾呼，"告诉你吧，世界 / 我—不—相—信—"，以怀疑意识和反思精神开启了一个狂飙突进的生产型时代，对深度的追求与探索的脚步从来未曾停歇过。另一方面,20 世纪 80 年代的诗歌又在积极进行着文学本体的探索，进行着语体实验和语感实验，尝试了诸多汉语写作的可能性，非非主义甚至将诗歌写作推到了元语言的层面，前无古人，后鲜来者。20 世纪 80 年代的诗歌给"精神""心灵"和"神性"等词语赋予了新的意义，同时也是我们考察"文学性"时的典型案例。

但今天的诗歌写作不再是往昔的模样,诗歌从神性的圣殿逃逸出来，转而掉进了物欲的深渊。无论是"下半身写作"，还是"口水诗歌"；无论是"看见写作"，还是"垃圾派诗歌"，这些创作大都崇尚日常生活、崇尚物质、崇尚欲望、崇尚身体，其艺术形式多为口语写作，这是

---

① 余虹. 文学的终结与文学性蔓延——兼谈后现代文学研究的任务 []. 文艺研究，2002（6）：16.

日常生活审美转向的一个表征，同时，其也是文学性泛化的具体表现。今天的口语诗歌不同于非非主义的元语言实验，也不同于莽汉主义的生存式语言能指实验，它已经剥离了宏大意义，变成了一系列平面化、零散化、苍白甚至是浅薄的所指意义丧失的能指符号，如"毫无疑问／我做的馅饼／是全天下／最好吃的"（赵丽华《一个人来到田纳西》）；"一只蚂蚁，另一只蚂蚁，一群蚂蚁／可能还有更多的蚂蚁"（赵丽华《我终于在一棵树下发现》）。我们甚至找不到合适的词语来描述此类"口水"诗歌，它们消解意义，但"消解"本身正是它们的"真实"意义。诗歌总是要包容一定的情感，虽然诗歌的文字可以是准确、精省、朴素和日常化的（虽为一些诗歌理论家所排斥，他们认为诗歌的语言是"神授"的，因而不能是日常的；但这种创作是存在的，如莽汉主义诗群的创作）；诗歌也总要有想象、联想，哪怕这种想象放荡不羁、离奇曲折，哪怕这种想象是迷信、谣诼、狂谲、呓语。但你又不能说这类诗歌不是"诗歌"——虽然它们与诗歌传统割裂。倘若考虑后现代主义的时代背景，结合文学性泛化的现实场景，这类诗歌出现的文化语境与逻辑起点也就呼之欲出了。

2. 读图时代的意义增殖与文学性泛化

移动互联网时代的社会文化正在经历着一个从以语言为中心到以图像为中心的转向。图像成为人们日常生活中不可或缺的东西，对当今意义生产的影响越来越大。我们今天的后工业和消费社会是一个居伊·德波所言的"景观社会"（society of the spectacle），人们被媒体制造的各种奇异景象所包围，成为被动的受众，缺乏批判能力，无条件地认同和服从现存秩序。"读图时代""视觉文化"成为解读当下文化的常用词汇。

图像取代语言文字而成为文化传播的重要载体，其本身即是一个文学性转移和泛化的过程。以往文学作品中的文学性转移到图像中去了，"图像就其本质而言是符号性的"①，文学语言也是一种符号，就符号性而言，二者是相通的。我们今天考量一部电视剧、一部电影的优劣，用的也是艺术性和文学性的标准。而且不仅是图像，甚至整个社会都有了文学性符号的表达形式，这就是鲍德里亚所言的超艺术（hyperaesthetic），"泛艺术化让艺术超出文化和日常生活的范畴，渗透到经济、政治中去，使所有的表意都变成了艺术符号，都具有艺术符号的各种特点"②。从语言文字到图像的转化是文学性泛化的第一步。图像在复制和传播的过程中是意义增殖的，在这其中，文学性进一步泛化。文学的审美要素主要由两块构成，"一是纯形式性的语言美；二是语言所传达的内容性的美"，后者呈现为形象之美，"当文学进入这类新媒介（电影、电视等）之后，其形象之美被放大、强化，而语言之美不是被取消就是被边缘化，成了可有可无的点缀"③。文学性转化为图像的艺术性之后，通过图像增殖被迅速地传播、放大，文学性进一步泛化。

三、媒介革命与文学性泛化

我们可以从三个方面来进一步探究文学性泛化的成因。

1. 文学性泛化与媒介社会的消费文化环境密切相关

在商业社会，文学作品首先也是商品，商品则成了象征符号，"符

---

① 金惠敏 . 媒介的后果——文学终结点上的批判理论 [M]. 北京：人民出版社，2005：34.

② 赵毅衡 . 符号学原理与推演 [M]. 南京：南京大学出版社，2011：319.

③ 金惠敏 . 媒介的后果——文学终结点上的批判理论 [M]. 北京：人民出版社，2005：32.

号——物既不是给定的，也不是交换得来的，它是被个体主体将其作为一种符号，也就是说，作为一种符码化的差异来占有、保留与操控的。在此存在的是消费的物。而它常常是属于并来自一种在某种符码中'被符号化了的'、具体的、被消解的社会关系之中。"①商品的象征符号（如快感、感官、身体符号）意义大于商品使用价值的意义（如审美功能、文学性），纯文学由此遭受冷遇，刺激大众欲望的东西（诸多"标题党"是最为醒目的例子）汹涌而现。在这一过程中，文学性必然不能以传统文本那种集中的、净化的面目出现，文学性成为一种漂浮的能指，以泛化和蔓延的形式溶于泛文化写作之中。

消费成为制约文学生产的最重要的力量，正如戴维·卡里尔所说："审美判断就是经济判断。说服我们相信一件作品（艺术性）是出色的与使艺术市场（art-world）（例如艺术品商人和买主）相信它是有价值的是对同一行为的两种不同的描述。"②在消费时代，无论是生产者、消费者还是批评者，其对于文学艺术商业价值的看法空前一致起来。文学首先也是商品，市场需要什么，作家往往就生产什么，以往那种供读书人在书斋中细细把玩的纯文学已趋于穷途末路。以往为作家所津津乐道的思想和精神随着崇高、伟大等词语一起消亡了，生命、死亡、爱情、婚姻等永恒命题，美德、荣誉、侠义等永恒法则都有灰飞烟灭之势。身体和欲望成为时下书写的关键词，诗歌中的"下半身写作"就是如此。例如这首《花儿》。

---

① 让·鲍德里亚.符号政治经济学批判 [M].夏莹，译.南京：南京大学出版社，2009：46.

② 李春青.谈谈文学理论的转型问题 [J].新疆大学学报（社会科学版），2004（3）.

《花儿》

作者：凡斯

刚进来的时候我整个人还是紧的

慢慢就被弄开了

就一层一层被打开了

前前后后开了多少层

我也说不清楚

是花瓣就都被打开了

里面开始有胀热的感觉

慢慢就有东西往外翻

这就是被打开的感觉

我的身体被你完全打开了

你想看什么就看什么

你把我五脏六腑都翻乱了

只要是我身上的东西

你都想看

　　这是一首性隐喻的诗作，说是"隐喻"，却写得明白如话，大胆而露骨。若不是最后一句"只要是我身上的东西 / 你都想看"的存在，我们将很难断定它是否是一首"诗"。这最后一句提升了诗作的境界，营造了诗歌的意蕴，使得整首诗的格调为之一变。但即便是如此，也不能改变其"身体"和"欲望"书写的本色。本是最最个体性、私密性的东西都抛出来吸引人的眼球，这是消费文化典型症候。身体是"在消费的全套装备中""比其他一切都更美丽、更珍贵、更光彩夺目的物品"，对"身体和性解放符号的重新发现"①是在消费主义时代达成的。身体作为欲望符号,是被操纵、被消费、被激发出来的,福柯为我们详尽论述了性是怎样被刺激的,而不是被压抑的(《性经验史》)。在消费社会,我们周遭铺天盖地的全是些身体和性的象征符号,这与媒介文化对快感的追逐密不可分,"身体之所以被重新占有,依据的并不是主体的自主目标,而是一种娱乐及享乐主义效益的标准化原则、一种直接与一个生产及指导性消费的社会编码规则及标准相联系的工具的约束。"②约翰·菲斯克认为:"对于那些与主流意识形态不完全协调的人来说,快乐必然要包括对主流意识形态的回避,至少也是与意识形态的一种协商,是摆脱意识形态束缚的能力。"③这是亚文化存在的内在逻辑之一,本身无可厚非,但当快感文化也成为一种意识形态、当整个社会都在追逐快感文化时,我们又该如何应对呢?当文学大家庭中浓妆重抹地拉入"身体"和"欲望"这两个成员后,与其说随着时代和社会的变化,文学的对象和反映面扩大了,不如说今天的文学性泛化了,扩散到我们以往认为不登大雅之堂的领地。

2. 文学性泛化与媒介技术革命密切相关

在文学性泛化的过程中,大众媒介尤其是移动互联网媒介起着推波助澜的作用。"媒介是一种生活方式,它影响、改变、形构着我们日常工作、交往、休憩、娱乐以至于内在心理世界的活动方式。也改变了文

---

① 让·鲍德里亚.消费社会[M].刘成富,全志刚,译.南京:南京大学出版社,2008:120.

② 让·鲍德里亚.消费社会[M].刘成富,全志刚,译.南京:南京大学出版社,2008:120.

③ 约翰·菲斯克.电视文化[M].祁阿红,张鲲,译.北京:商务印书馆,2005:338.

学与艺术的存在方式。"①新媒介改变文学与艺术的方式有两种："其一是新媒介通过改变文学所赖以存在的外部条件而间接地改变文学；其二是新媒介直接地重新组织了文学的诸种审美要素。"②就前者而言，新媒介改造了文学生产的外在语境，改变了文学生产所依赖的各种条件，例如消费主义、大众文化等，外在语境的变化必然会促使文学生产做出相应的调整。就后者而言，新媒体的介入，改变了文学生产要素的构成，计算机和多媒体写作代替了笔耕纸种，提高了劳动生产力，并进而影响到文学生产者的意识和思维（网络时代审美距离的消失使深度模式瓦解），也直接影响了文学形态与生成路径（快感写作成为网络书写的最典型模式）。在这里，我们要讨论移动互联网新媒介对于文学性泛化的两类直接影响。

第一，新媒介对于文学语言的影响。"由于电力技术是我们的中枢神经系统延伸，它似乎偏好包容性和参与性的口语词，而不喜欢书面语。"③这呼唤一种口语化、视听结合的语言的出现。事实上，口语化写作在 21 世纪以来的文学发展中占据着极为重要的位置，诗歌创作中从口语诗歌到口水诗歌的演进，以及小说和散文写作中大量的口语化书写（如小说《手机》，更遑论大量的网络小说），都折射出移动互联网时代作家线性思维逐渐崩塌的过程。

第二，新媒介对图像生产的决定性影响。新媒体在图像传播中的影响是直接而巨大的，没有电视、电影、计算机、手机等现代媒介的介入，就不可能有今天的图像生产。"文学若是仍愿意进入影视媒介，那么它

---

① 金元浦.别了，蛋糕上的酥皮——寻找当下审美性、文学性变革问题的答案 [J].文艺争鸣，2003（6）：13.

② 金惠敏.媒介的后果——文学终结点上的批判理论 [M].北京：人民出版社，2005：32.

③ 马歇尔·麦克卢汉.理解媒介——论人的延伸 [M].何道宽，译.南京：译林出版社，2011：117.

就必须臣服于图像"①，而图像增殖正是文学性泛化的最好通道，影像通过"给时间涂上香料，使时间免于自身的腐朽"②参与到人们的日常生活中，记录着人生中的点点滴滴，还原生活的真实性。"抖音""快手""斗鱼"等网络平台的意义生产逐渐形成了一个庞大的产业。在这其中，并不乏被稀释的审美因子。影像以其独特的方式参与到审美实践中来，物象被赋予巨大的生活之外的意义，连"最蹩脚的摄影都能具有最低限度的美感"③，这是文学性泛化的典型表征。

3. 文学性泛化与日常生活审美转向密切相关

日常生活审美是美学范式的一大转向。这一美学转向，造成了文学领域的文学性泛化，文学性泛化既是日常生活审美的一个结果、一种表现，同时也会促进日常生活审美范式的形成与发展。二者互为因果关系，且是从大的文化涵括和小的意义生产方面表现的关系。而在具体文学创作中，两者往往纠缠在一起，并不是那么泾渭分明。

21世纪以来的诗歌多不再追求内视角的生命体验和理想主义启蒙价值，而是关注日常生活中的个体自我、琐碎物事，并试图把这种体验转化为诗意，近几年比较活跃的一些创作流派如下半身写作、打工诗歌、看见写作、垃圾诗派等，莫不如是。近年来的散文一直侧重描绘消费性的、"闲适"的日常生活，试图用平白化的语言在充满雾霾的空气中寻找到诗意栖居的空间，在日常支离破碎的烦琐事情中找到意义和美感。打工文学、底层文学、非虚构等创作潮流的涌现使得面对日常生活的小

---

① 金惠敏. 媒介的后果——文学终结点上的批判理论 [M]. 北京：人民出版社，2005：33.

② 安德烈·巴赞. 电影是什么？ [M]. 崔君衍，译. 南京：江苏教育出版社，2005：7.

③ 金惠敏. 媒介的后果——文学终结点上的批判理论 [M]. 北京：人民出版社，2005：66.

说写作成为一种风气。可以说，这些创作类型与创作思潮的出现，既是审美日常生活化的结果，也是文学性泛化的结果。

四、文学性泛化与文学批评的扩张

与文学性泛化问题密切相关的是文学批评的相关问题。随着俄国形式主义者发现"文学性"并确立了文学的价值之后，文学批评也才找到了"文学性"作为它的研究对象。而当文学性发生变化时，文学批评的对象和边界势必也会发生变化。

今天文学所面临的危机在很大程度上是文学理论和文学批评的危机。文学无法不证自明，它须利用文学批评寻找生存发展空间。文学是场域内的存在，不存在真空中的文学，文学存于公共空间中，也与公共场域中的其他力量发生联系，并受其左右。希利斯·米勒说："文学是一种公共制度，置于它周围的整个文化中。文学的权威性来自其社会功能。它的效用是由它的使用者赋予的，由那些给它价值的记者、批评家赋予的。"[①] 在媒介化时代，文学的消费属性具有天然合理性，并压倒了文学的审美属性，文学的中心地位已经失落，造成了重重危机。

文学中心地位的失落首先源于文学批评在社会中话语权的丧失。早在 80 年前，本雅明就断言"批评的时代早已成为过去"了。

哀叹批评衰落的人都在犯傻，因为批评的时代早已成为过去。批评要求对事物保持有正确的距离，它存在于特定视角和解说得到尊重的地方，在那里人们还能采用特定的立场。如今，物质给人类社会带来的压

---

① 希利斯·米勒.文学死了吗 [M].秦立彦，译.桂林：广西师范大学出版社，2007：147.

力让人感到太沁入心脾。"透彻的""纯真的"眼力已成为没人相信的谎言，或许，整个天真的表达模式已变得纯粹无能。今天，对物之实质最切实、最具商业性的审视是广告。它拆除了观察得以自由展开的领地，使物近得有点可怕地向我们直冲过来，就像电影屏幕中一辆变得巨大的汽车向我们冲来一样。[①]

工业化和机械复制使廉价的"艺术品"唾手可得，"整个世界都要通过文化工业的过滤"[②]，物质和物质欲望深入到社会各个角落，同化了人们本应有的反抗意识与批判精神。大众文化统合了以往纷繁多样、形态各异的文化，使百川汇流，"清除双向度文化的办法，不是否定和拒斥各种'文化价值'，而是把它们全部纳入已确立的秩序，并大规模地复制和显示它们。"[③]大众文化以其强大的整合力抹平了以往文化形态所具有的批判意识，一个马尔库塞所言的"单向度"的社会来临了。在这个技术合理性已变成政治合理性和文化合理性的社会，人们的否定性思维逐渐为肯定性思维所取代，批评已经丧失了它所赖以生存的语境。

这种语境的丧失源于工业化对人类社会与日常生活全方位的侵蚀，使人们很难再寻找到一个合适的批评距离了。如同文学和审美需要距离一样，批评也需要距离，引文中本雅明明确指出了这一点。只有在一定的距离中，人们才能对所关涉的对象进行审慎地阅读、描述、对比、论证，以求得微言大义。而今媒介的飞速发展已使距离不复存在，无论是物理距离、语言距离还是精神距离，皆如是。太多的人陷入媒介所设置的娱乐场景中不能自拔，心甘情愿地沦为工具理性的牺牲品。对他们而

① 瓦尔特·本雅明.单行道[M].王才勇，译.南京：江苏人民出版社，2006：112.

② 马克斯·霍克海默，西奥多·阿道尔诺.启蒙辩证法——哲学片段[M].渠敬东，曹卫东，译.上海：上海人民出版社，2006：113.

③ 赫伯特·马尔库塞.单向度的人——发达工业社会意识形态研究[M].刘继，译.上海：上海译文出版社，2008：47.

言，批评已经成为过往时代的断井残垣，有了影像的快感，为什么还要玩诗一类的深沉？詹明信说："在后现代主义的崭新空间里，'距离'（包括'批评距离'）正是被摒弃的对象。"①因此，在这样一个工业文化（霍克海默、阿多诺）、单向度（马尔库塞）的社会中，在这样一个后现代主义社会（詹明信）中，人们倾向于做出正面而积极的道德评估，而缺少审慎批判之态，"一方面，他们以放纵的姿态一窝蜂地拥护这个'美感新世界'的创立；而另一方面，在社会和经济层面上，又以同样的热情歌颂'后工业'社会的降临。"②缺乏现实批判性，成为人们典型的生存方式与文化态度，"我们浸浴在后现代社会的大染缸里，我们后现代的躯体也失去了空间的坐标，甚至于实际上（理论上更不消说）丧失了维持距离的能力了。"③

在中国的特定语境下，批评的问题显得更加突出。在近现代文学史上，文学批评一直滞后于文学写作。我们能历数文学创作中那些大师级的人物，但却找不到像别林斯基一样能在批评界立足的人物。中国的文学批评往往是作家和文学理论家从事的一项业余活动，其专业化程度一直较低。《在延安文艺座谈会上的讲话》之后的 35 年间，文学批评基本上沦为政治斗争的工具，批评面对的对象不是文学自身，而是文学身上所附加的意识形态。大批判文章盛行于世，成为网罗作家罪状、钩织文字狱的重要手段，文学批评声名狼藉。进入 20 世纪 80 年代之后，文学脱离了政治的藩篱，却又一头扎入商业的怀抱，批评中盛行着两种声

---

① 詹明信.晚期资本主义的文化逻辑[M].陈清侨,严锋,等,译.北京：生活·读书·新知三联书店，1997：505.

② 詹明信.晚期资本主义的文化逻辑[M].陈清侨,严锋,等,译.北京：生活·读书·新知三联书店，1997：501.

③ 詹明信.晚期资本主义的文化逻辑[M].陈清侨,严锋,等,译.北京：生活·读书·新知三联书店，1997：505.

音："捧"和"棒"。鲁迅先生的《骂杀与捧杀》一文批判的就是类似现象，在一个缺乏反对意识的单向度社会，"捧"的声势更为浩大，"红包批评""人情批评"甚嚣尘上。"捧"是一个各方面都能接受的行为，对作家而言，所写的东西能够得到肯定性批评，无疑能给自己添光增彩；对于批评者而言，在一个一切向钱看的时代，吃饭、游玩、拿红包具有了天然合理性，甚至都不能说这是一种"软腐败"，因为批评者毕竟付出了劳动；对于大众媒介而言，借助于批评者毫无批判性的批评，消费者被误导了，东西变得更好卖了，出版商获得了高额利润，大众媒体扩大了自身的影响。在这三者的共同参与下，文学批评成为一种有效盈利的手段，利益均沾，何乐而不为？与"捧"不同，"棒杀"和"酷评"又有另外一套动作规范。早在 1961 年，周恩来《在文艺工作座谈会和故事片创作座谈会上的讲话》就批评过"五子登科"的批评现象：套框子、抓辫子、挖根子、戴帽子、打棍子。时隔这么多年，这一现象的余毒依然存在。这些批评貌似带着公正的帽子，实则是与大众媒介相结合后的一种营销手段。这类批评往往以犀利的语言、幽默的笔调、精到的分析、毫不留情的批判取胜，此类文章能够起到万绿丛中一点红的效果，极能抓取人的眼球。但倘若仔细分析，就会发现这类文章的出笼与特定的媒体密不可分，文章的目的性也极明确，就是为一些文本的传播造势。在大众媒介的参与下，"棒杀"是文本传播"曲线救国"的有效方式，文本被骂得越狠，越能勾起读者的猎奇心理，作品才能越有效传播。由此可见，无论是"捧杀"还是"棒杀"，无论评论者的目的性何在，皆多是大众媒介的彀中之箭，批评的独立性越来越难以寻觅。

正是在这样的现实语境下，人们普遍慨叹批评的衰落。从学理上讲，这种衰落主要表现在三个方面。一是批评的平面化。评论者无法从这种全面抹平的文化中逃逸而出，不能以一种超越的眼光来反观文本和文化现象，流于一种平面化的描述，而缺乏深度的理性分析。一些所谓的"酷评"就是这样，逞一时的口舌之快，虽让人读来眼前一亮，却缺乏深度的分析，语言看似犀利，实则精神旨趣极度肤浅和苍白。二是批评的碎片化。评论者无法以全局性的眼光看待被批评的文本，限于就事论事的分析，只见树木不见森林，或为评论的目的性所限，为了一棵树木而放弃整片森林。批评成为一系列支离破碎的文本，评论者没有一套完整的话语体系，批评标准甚至都迥异。三是批评的空虚化。这是学院派批评的典型病症。观各类期刊报纸上的评论文章，空疏之风盛行。流于炒作贩卖各种各样前卫、新潮的概念，取各类西方话语的只言片语以一个假大空的缥缈主题来分析中国文学的想象空间。批评家们专注于"批评"，却很少读文本，评论浮于半空之中自说自话，全然不顾文学丰富而杂乱的现实。用吴义勤的话讲，这是"不及物"的"虚热症"①。

问题是，文学批评真的衰落了吗？这关系到一个有关于文学批评的"批评"问题。单从各个高校日益增长的论文发表量来看，单从各类报刊所发表的评论文章来看，批评并非"衰落"了，而是前所未有地"繁荣"了，批评的"繁荣"甚至也成为文化大发展、大繁荣的重要表征之一。而且，网络世界中的海量批评与"类批评"文本还不包括其中，例如豆瓣网那些形式灵活多样、不乏真知灼见的批评文章就很少为主流批评界所关注，虽然其中的一些影评和书评已然做得很专业、很规范。网络跟帖和影视"弹幕"也成为有效批评的一种重要形式，这个庞杂的量则是无法估计的。从这些方面考虑，批评确实呈现出"繁荣"之貌。那么，为什么从本雅明时代就一直有批评衰落的感觉呢？这实际上关系到究竟什么是文学批评的问题。"衰落"的是关乎纯文学的批评，也就是立足于文本本身，研究文学性，探究语言和叙事，并进而反映社会历史

---

① 吴义勤. 批评何为？——当前文学批评的两种症候 [J]. 文艺研究，2005（9）.

进程的那类批评衰落了。而其他的批评类型则崛起了。

与文学是否终结的问题相关联的是批评是否也终结了。米勒就认为"文学研究的时代已经过去了"①，在纯文学走向穷途末路的情况下，那种广为人知并被普遍接受的纯文学的研究范式也已是明日黄花，在这个意义上，纯粹的文学批评在走向终结。但与之同时，文学批评的领域前所未有地扩张，以往从来未被文学批评纳入视野的东西开始成为批评的对象，社会学的研究方法也（又一次地）开始成为文学的研究方法，文化研究和媒介研究逐渐渗透到文学研究中去，并试图取代文学研究。我们看到那些批评家们开始喋喋不休地探讨政治问题、经济问题、文化问题、社会问题、生活问题、伦理问题、道德问题和人的精神问题，他们关注着全球化和反全球化、关注着全球变暖、关注着中东局势、关注着贸易争端和资本市场的运营，这类貌似与文学毫不沾边的东西日渐成为文学批评的研究对象，反倒是文学性的问题、语言与叙事的问题被置之脑后。卡夫卡说："文学的全部潜力，就是在像'他打开窗户'这样一句话中，完全用文字创造了一个世界。"②当文学利用文字这样做时，它在为我们建构一个美妙的既包容经验又蕴含超验的世界。今天的批评已经不再关心这类问题，随着文学性的泛化，文学批评的对象也在不断变化，它从文字符号研究扩展到社会中一切象征符号的研究，从文学研究扩展到文化研究、社会研究、人类学研究，影像研究和媒介批评成为学者们关注的重点。文学批评的对象已经扩张到一个八面玲珑、无所不包的地步。

文学批评的扩张当然与社会的变迁与媒介的渗透密不可分，但与文

---

① 希利斯·米勒. 全球化时代文学研究还会继续存在吗?[J]. 文学评论，2001（1）：138.

② 希利斯·米勒. 文学死了吗 [M]. 秦立彦，译. 桂林：广西师范大学出版社，2007：26.

学批评作为一门学科的自足性也紧密相连。换句话说，我们对文学批评这门学科的确立，以及其是否具有自足性尚有疑问。随着"文学"这一学科的确立，"文学批评"作为学科的意义才得到体认。随着俄国形式主义发现"文学性"并确立了文学的价值之后，文学批评也才找到了它的研究对象。而此前的文学批评模式，无论是语法学的、修辞学的、逻辑学的、哲学的还是社会历史的，都是借用其他学科的话语来为文学研究服务，文学批评并未拥有自己一整套完整缜密的话语体系。"文学性"这一概念又是极度模式化的，缺乏确定性的内涵和外延，将其局限在语言学研究的框架内多少是有问题的，再加上结构主义对"文学性"概念的转义，"文学性"本身缺乏理论自觉性。因此，能否以"文学性"作为文学批评的对象我们是存疑的。韦勒克将文学研究分为文学理论、文学批评、文学史三块，他的皇皇巨著《近代文学批评史》就严格按照这一分类的疆域来书写，过于遵从教条的划分使这部多卷本的著作问题很多，而且在20世纪90年代最后一卷出炉后，这部著作却鲜有人问津。究其原因，从20世纪60年代到90年代，社会文化语境和文学语境都发生了重大的变化，在文学研究内部，文学批评与文学理论和文学史之间的界限变得十分模糊，文学批评逐渐在侵蚀原本属于文学理论和文学史的内容，这使得韦勒克严格的三分法已经没有实际意义，《近代文学批评史》的价值也随之被重新估量。韦勒克对于文学批评疆域的厘定受到了俄国形式主义和欧美新批评的影响，对"文学性"的过度强调使其理论固步自封。外在文学发展的事实表明，以"文学性"为主要对象的文学批评是缺乏自足性的。20世纪60年代以来，女性主义、新历史主义、后殖民主义、东方学、生态学等理论进入到批评领域，引发新的批评范式的兴起，无不与打破学科研究界限，尤其是文学批评与文学史之间的界限有关。在中国的批评界也有类似的现象，当下各种各样的思潮包括消费主义和媒介思潮进入到文学批评领域本也是当代文化进程中的一个必要环节，有其自身的合理性。

文学批评这种概念与边界的变化源于理论界对文学批评主体与对象认识的深化。伴随着 20 世纪 80 年代当代文学的变革，西方新的文学观念和方式、方法渗透到文学写作和批评中去，一批青年批评家崛起，奠定了今天文学批评的格局。应该看到，今天话语体系的形成及批评家地位的确立经历了相当长的一段时间，是在与旧话语体系不断争夺领导权的斗争中逐渐形成的。20 世纪 80 年代的一代青年批评家是伴随着年轻一代作家同时成长起来的。今天的主流批评界虽勉力代言着"网络一代"，却对他们的文化心理缺乏体认。文化精英们虽然一直在努力跨越这代际文化的鸿沟，但成效甚微。

如同 20 世纪 80 年代第三代诗人喊出"Pass 北岛"的话语一样，今天青年一代的批评家们也在争取自己的言说空间和话语权。遗憾的是，他们不再拥有他们 20 世纪 80 年代的前辈们出道时那样优渥的社会空间与舆论空间。文学的边缘化使文学批评的生存空间日渐狭窄，网络文本唯点击量马首是瞻，影像文本以视觉快感与欲望彰显取胜，以几篇文章来奠定一个作家在文坛上的地位的时代一去不复返了。随着文学的边缘化，文学期刊重组转型，批评文章不再受到欢迎。一些专业性的期刊顾忌到影响因子等因素，很少考虑刊发青年批评者的文章。随着文学批评边界的扩张，文学批评家转而研究影像和文化，文学批评的队伍也日渐孱弱。在这三重因素的共同挤压之下，年轻的批评者在前进的道路上步履蹒跚。与之同时，一大批人开始利用论坛、博客、微信、微博等新媒介载体发出自己独特的声音，网络批评与微批评崛起，并聚集了相当大的一批批评力量。这一力量不容小觑，他们批评的广度与深度绝不比主流媒体上的批评差，而他们批评的灵活度则是主流媒体所不具备的。

奇怪的是，主流批评界似乎一直对这一群体置若罔闻，以刻意的沉默忽视他们的存在。

在移动互联网时代，新的文学模式排斥精英意识。以网络文学为例，"对于主流文坛提升思想性、艺术性的询唤规训，网络文学的态度基本是表面应付，骨子里不予理睬。之所以如此桀骜不驯，本质原因还不在于网络文学代表先进生产力和媒介，而在于启蒙话语解体后，精英文学丧失了文化领导权。"①精英文化丧失了对文化整体的掌控能力，民间文化异军突起，这是一个不争的事实，但同时，精英阶层又掌握着批评的话语权，这必定会和民间话语的诉求产生摩擦。事实上，知识精英阶层的话语权已是危机重重，一方面，他们试图去了解民间话语的诉求，也积极试图去体认这一诉求；另一方面，他们又不易放下自己的身段与立场，跟随"大众"的脚印亦步亦趋。这使他们自身也充满着矛盾。为什么要寻找、重构、重回、怀念80年代？因为20世纪80年代的文学代表了精英话语所产出的最高成就。为什么要讨论"中产阶级意识"？因为它涵化在精英意识当中，它的成败利弊就是精英话语兴衰的"双闪灯"。为什么要讨论"底层写作"？因为作为一种新兴的文学现象，批评家们不能漠视它的存在，只能以换位思考的态度去包容它、接受它，虽然它鱼龙混杂、整体层次不高。从这些问题中我们看到了批评家自身立场与文学现象间的罅隙。虽然从20世纪90代末，诗坛已经分为"知识分子写作"和"民间写作"两大派，但即便是"民间写作"派，其自身仍处在知识分子立场上，虽然他们的感情可能会无限认同民间。在我们看来，"知识分子写作"和"民间写作"是个不折不扣的伪问题，因为这无非是知识群体勉力"代言"之举，其背后折射的依然是知识群体

---

① 邵燕君.在"异托邦"里建构"个人另类选择"幻象空间[J].文艺研究，2012（4）：17.

试图"以理服人"的天然身份优越感。这类伪问题却又比比皆是，当归于批评家们摇摆不定的立场和转移飘忽的情感态度。

问题的关键是，知识群体对于当下的现实又是"失语"的，虽然大家在喋喋不休地谈论各种问题，但这类讨论已然成为小圈子里的自说自话、自娱自乐，对"创造101"、对"王菊"们不构成任何的作用力。"粉丝经济"引导下的网络文艺生产者是从来不屑于专家学者的意见的。粉丝和用户的意见比专家的意见要重要得多，因为票房、点击量、粉丝数才是网络文艺的蛇之七寸。

网络一代的新批评力量带着"草根"色彩。他们不再以"精英"分子自居，而以更自由、更个性的眼光看待文学的问题和文坛的现象。他们批评的方式更加自由，也更加民间。这种价值取向以及新批评话语的选择也存在着一种潜在的危险：若是一味地认同大众文化和民间立场，批评家就有可能会溺于其中不能自拔，从而丧失批判性。同质性的大众文化容易为自己培养出具有积极接受意愿而非主动批判精神的传播者，但经过学院派专业训练的人士又当别论。这其实还是牵涉到学院/精英与民间/大众立场选择与力量对比的问题。

今天的批评家们只有放弃自己固有的精英立场，以一种更加包容的心态去看待大众文学的生产，在以一种平和的心态走进文学现场之后，才能够读懂青年亚文化，也才能够真正找到一个批评的落脚点，从而进行切中肯綮的批评。当然，这种"走进"并不意味着批评标准的下移，今天业已成熟的批评话语和批评标准还需坚守。因为，无论什么时代，人性的命题、生命的命题、道德的问题和普世价值等人类共同的精神财富都有其存在的价值和意义，虽然它们可能只是整个批评话语体系中的一环。

总之，文学艺术是审美活动，文学的审美属性体现人类的共性，是文学的人性要素。诚如波德莱尔所言："构成美的一种成分是永恒的、不变的，其多少极难加以确定，另一种成分是相对的、暂时的，可以说它是时代、风尚、道德、情欲。永恒性部分是艺术的灵魂，可变的成分是它的躯体。"[①]审美会以这样那样的形式出现，文学性会以这样那样的面目呈现，文学也会有这样或那样的改变，"但文学不会消失，因为文学的存在不决定于媒体的改变，而决定于人类的情感生活是否消失。如果我们相信人类和人类情感不会消失的话，那么作为人类情感的表现形式也是不会消失的。"[②]

---

① 波德莱尔．波德莱尔美学论文选 [M]．郭宏安，译．北京：人民文学出版社，1987：475.

② 童庆炳．全球化时代的文学和文学批评会消失吗?——与米勒先生对话 [J]．社会科学辑刊，2002（1）：132.

第五章 论"我吃西红柿"作品与男性青少年读者的现实相关性 [①]

济南大学文学院　孟隋

"我吃西红柿"是起点中文网的"白金作家",原名朱洪志,生于1987年。他于2005年开始在网上连载《星峰传说》,2006年凭借玄幻小说《寸芒》成名,其后又创作了《星辰变》《盘龙》《九鼎记》《吞噬星空》《莽荒纪》《雪鹰领主》《飞剑问道》。自从《寸芒》之后,"我吃西红柿"的绝大部分作品都有不错的口碑和订阅成绩,作者个人也成为网络作家的代表性人物,目前看来绝对属于网络小说作家中能持续创作并保持人气的常青树之一。

网络小说属于典型的内容产业(Content Industry)[②],在这个产业中奉行的是"内容为王"的原则。"我吃西红柿"的小说之所以具有吸

---

① 本文受山东省社科规划项目"中国网络文学商业美学体系的建构研究"(项目编号:18CZWJ01)、山东省高等学校人文社会科学研究项目"我国网络文学的'泛娱乐'潜力研究"(项目编号:J16YC01)资助。

② 唐鹍,缪其浩.信息资源建设和内容产业 [J].情报学报,2001(4).

引人的魔力，根本原因在于它讲述的故事能够持续地吸引读者。换言之，读者通过接触他的小说文本获得了持续的快感。本文拟通过对"我吃西红柿"小说的文本分析，来揭示小说怎样进行"文本意义"生产以及这些"文本意义"能持续吸引对应读者人群（男性青少年）阅读的原因。

一、导论：文学的读法，还是大众文化的读法

无论是读者群，还是学术界，都倾向于将"我吃西红柿"的小说视为"小白文"（小白文一般专指缺乏深度、极度套路化、情节浅薄造作的网络小说）。百度百科"小白文"词条重点提及的两位网络作家，便是唐家三少和"我吃西红柿"。学术界也流传着"我吃西红柿"的小说是"小白文"典型的观点："'我吃西红柿'被不少网友视为'小白文'的始作俑者，其《星辰变》因为语言浅白、情节粗糙、故事重复、细节雷同、人物僵硬而成为'小白文'的代表作。"[①]"我吃西红柿"的小说程式化（"一个套路用10年"），情节雷同，也没有高深复杂的思想和出彩的文笔，但是在"畅销"方面却一直不落人后。从这个角度看，他的作品确系"小白文"的代表。

"小白文"无疑是基于"文学性"标准的评判性概念。实际上，绝大多数读者对网络小说的阅读行为并不是按照严肃文学的读法进行的，尽管有相当一些读者会使用"文学性"的评判尺度，但在实际阅读的过程中，这个尺度显然并没有发挥多少作用。如果按照文学性的标准看，"我吃西红柿"的小说无疑属于下乘，可是这并未影响到读者"粉丝"对其作品的追捧，足以说明在他的读者看来，"文学性"并不是一个重

---

① 黄发有. 释放网络文学新的可能性 [N]. 人民日报，2014-07-04.

要的标准。

　　"我吃西红柿""小白文"的读者是按照大众文化受众的解读方式来阅读作品的。对大众文化受众解读作品的研究由来已久，较著名的有：赫塔·赫左格（Herta Herzog）等人对广播"肥皂剧"的研究（1953 年），日间广播"肥皂剧"常常被认为是肤浅的、没思想的节目，只是填充时间而已，但却总是被其听众（妇女们）认为是有意义的。它们提供了一种建议和支持的来源，一种家庭妇女和母亲的角色模式，一个通过笑声和眼泪释放感情的机会"[1]；伊恩·昂（Ien Ang，也译为洪美恩）对"肥皂剧"《达拉斯》的研究也显示出大众文化受众对作品的理解总是与受众的实际生活经验相关："很确定的是，不可能用一个理由解释清《达拉斯》带给每个人的快感；每个人与这个剧都有他或她或多或少的独特关系，吸引我们投入电视剧的东西与我们个体生活经历有关，与我们所在的社会处境有关，与我们养成的文化美学偏好有关等。"大众文化的阅读往往鼓励读者采取"实用"的方法接受文本，从作品中获得"直接的好处"，如精神放松、宽慰、启迪、建议、身份认同等[2]。严肃文学的阅读则强调"审美距离"，反对"实用主义"的读者心态。这样就可以解释，为何"我吃西红柿"的小说一边被称为"小白文"，一边又常年保持畅销——"我吃西红柿"的作品带给读者的快感并不是通过"文学性"阅读，而是通过大众文化的解读视角获得的。

　　作为大众文化文本，"我吃西红柿"的作品为读者提供"文本意义资源"，读者对这些意义资源予以发掘，进而创造出属于自己的意义。

---

　　① 　丹尼斯·麦奎尔. 受众分析 [M]. 刘燕南，等，译. 北京：中国人民大学出版社，2006：88.

　　② 　这里说的"实用"实际上是一种读者心态，它与日常使用的"实用"一词含义不同，从日常生活的角度看，网络小说对于读者也不是"实用"的，而是恰恰相反几乎没什么用，既没有教育意义，也没有增加知识的功能。

读者对大众文化作品的解读过程正如约翰·费斯克（John Fiske）所言，"大众文化的快感在于感受和探索这些相关点（引者注：指文本意义与社会意义的相关点），在于从文化工业生产的库存中选取合用的商品，以便从大众社会体验中创造出大众意义"。① "我吃西红柿"的小说文本意义就像"意义的库存"，读者以这些文本意义作为资源解读出与自身相关的社会意义。这才是多数读者对"我吃西红柿"的小说的常规读法。

当前，理论界强调读者对作者和文本的绝对自主性，偏离了常规阅读的经验。在实际阅读过程中，"主导游戏的事实上仍是作者：是他继续决定确定者和不确定者"②。"就像所有人类体验那样，阅读体验必定是双重的、模糊的和撕裂的：它介于理解与欣赏、文献与寓意、自由与局限之间，介于关注他人和体验自我之间。"③读者对文本意义的解读，不可能是完全随意的，而是要受到文本的制约——文本的理解框架是被作者给定的，读者不可能完全不受文本制约。换言之，文本规定了意义生产的基本向度。正如伊恩·昂所言，受众解读意义的可能性受制于"肥皂剧"《达拉斯》的文本："说观众可以完全自由地因己所需解读《达拉斯》就太过了，因为体验快感的可能性并不是无限的。作为快感的对象，《达拉斯》自身限定了那些可能性。"读者对大众文化作品的阅读是一个借他人之酒浇自己之块垒的过程——文本意义是作者生产的，但是这些文本意义必须与读者的社会经验"接合"，否则读者便无法从这些文本中获得快感。用更直白的话说，在大众文化领域，作者生产的文本意义必须对读者有某些实用价值，才会被大众接受。

---

① 约翰·费斯克. 理解大众文化 [M]. 王晓钰，宋伟杰，译. 北京：中央编译出版社，2001：158.

② 安托万·孔帕尼翁. 理论的幽灵：文学与常识 [M]. 吴泓缈，旺捷宇，译，南京：南京大学出版社，2017：146.

③ 安托万·孔帕尼翁. 理论的幽灵：文学与常识 [M]. 吴泓缈，旺捷宇，译，南京：南京大学出版社，2017：155.

　　读者阅读"我吃西红柿"的作品，有相当一部分是"重复性"阅读，即看完了《星辰变》又去看《盘龙》，看完了《吞噬星空》又去看《莽荒纪》。毋庸讳言，"我吃西红柿"的小说如同其他大众文化作品一样，本身就有很明显的重复性——相似的情节结构、相似的人物设定、相似的世界观设定。虽然他的一系列作品涉及不同的题材，比如《吞噬星空》在起点中文网被放入"科幻"类型，《莽荒纪》被放入"仙侠"类型，实际上两者跟《星辰变》没有什么区别，仍然是"修炼、升级、战斗、夺宝、守护、复仇、游历"这样的玄幻小说类型的改头换面而已；而《盘龙》虽然号称"西方奇幻"，但是实际上除了开头有点"西幻"味道外，主体部分仍旧是玄幻小说的改头换面。"一个套路用十年"说的就是这样的现象，但是不少读者仍旧对相同的套路进行"重复性"阅读。这种阅读一般来自所谓的"粉丝"，"我吃西红柿"的"粉丝"群称为"红盟"（"红"取自"西红柿"，同时"红盟"又是"鸿蒙"的谐音，《星辰变》和《盘龙》主角升级到最高等级即是"鸿蒙"掌控者）。他们是"我吃西红柿"作品的核心读者人群。

　　重复性阅读是读者的主动行为，用以获得满足感。"大多数有关个人媒介使用动机的理论有一个最重要的观点，即认为媒介能够为潜在受众提供他们基于以往经验产生的所期望的（也是预料的）报偿。这些报偿可以被认为是个体对自己的媒介经验进行评估后所产生的一种心理效果，有时被称为媒介'满足'（gratifications）"。[①] 重复性阅读行为的广泛存在更进一步证明了，支撑读者阅读"我吃西红柿"小说的心理动力是读者在阅读过程中体验到的快感。读者的快感是经由小说文本的激发而产生的，因此在小说文本层面上也完全可以看出读者快感的

---

　　① 丹尼斯·麦奎尔.受众分析[M].刘燕南，等，译.北京：中国人民大学出版社，2006：92.

一些来源。

文化研究学者认为：“文化即是发生在社会的各个层级中，以及发生在文化过程的各个时刻里的意义生产或‘表意实践’”。①“我吃西红柿”的小说，本质是经由大众文化文本而进行的意义生产或“表意实践”，为读者们提供文本意义资源是这些作品的核心价值。在一般人的日常生活中，对故事有一种不知餍足的追求，很多人不但主动地追剧、追小说，甚至连看新闻、做梦也要求一定的故事性。对故事的热衷正是对“意义”的寻求。正如罗伯特·麦基所言，“世人对电影、小说、戏剧和电视的消费是如此的如饥似渴、不可餍足，故事艺术已经成为人类灵感的首要来源，因为它不断寻求整治人生混乱的方法，洞察人生的真谛”“故事艺术是世界上主导的文化力量。”②我们需要用故事艺术来理解世界、洞察人生。网络小说是青少年热衷的讲故事的诸多艺术之一，它为读者生产意义。

“故事是生活的比喻”，“故事必须抽象于生活，提取其精华，但又不能成为生活的抽象化，以致失却了实际生活的原味”。③“我吃西红柿”的小说虽然都是奇幻（fantasy）类型，但是仍是“生活的比喻”，很明显地指涉了男性青少年读者的成长过程。然而，这种指涉又不是对这些读者现实生活的直接反映，而是用“似有所指”的比喻来“抽象”男性青少年读者的生活，“提取其精华”。

“我吃西红柿”小说文本的普遍主题是男性青少年的成长，其叙事

---

① 安·格雷. 文化研究：民族志方法与生活文化 [M]. 许梦云，译. 重庆：重庆大学出版社，2009：16.

② 罗伯特·麦基. 故事：材质、结构、风格和银幕剧作的原理 [M]. 周铁东，译. 天津：天津人民出版社，2014：5-8.

③ 罗伯特·麦基. 故事：材质、结构、风格和银幕剧作的原理 [M]. 周铁东，译. 天津：天津人民出版社，2014：20.

视角也是青少年男性主角为主导。"我吃西红柿"小说的叙事也遵从了青少年男性主角的"利益视角"，读者一般也是通过这一视角来接受故事。利益视角是形成叙事视角的一种途径，"一旦它建立起来，我们就通过惯性作用持续认同他（故事人物）的利益"①。"我吃西红柿"的玄幻小说着重展示男主角的一切，这样便于读者与男主角进行"认同"。"通往人物意识之门，是进入他的视点之标准途径，是我们对他产生共鸣的通常的和最快的方式。了解他的思想，能够为建立密切联系提供保证。"② 因此，"我吃西红柿"的小说在文本生成的时刻就包含着对当下男性青少年生活的抽象和比喻，有意指涉了男性青少年读者的普遍情感和一般心态。

本文将从三个角度来描述这些小说文本怎样指涉男性青少年读者的普遍情感和一般心态：①青少年男性的"事业观"，即男性应该怎样在当今社会"奋斗进取"；②青少年男性的"爱情观"，即怎样看待性别，并成为合格的"男性"；③青少年男性熟悉的娱乐形式，小说怎样再次复现男性熟悉的娱乐元素。

二、戏剧化展示男性"奋斗进取"的一般规律

"我吃西红柿"的小说文本展现了青少年男性社会化过程中财富积累的重要性。在小说故事中，使用高级法宝特别浪费财富，修炼也很耗费资源。有了实力，就可以获得更多财富；有了财富，就可以获得更多

---

① 西摩·查特曼.故事与话语：小说和电影的叙事结构 [M].徐强，译.北京：中国人民大学出版社，2013：141.

② 西摩·查特曼.故事与话语：小说和电影的叙事结构 [M].徐强，译.北京：中国人民大学出版社，2013：142.

实力（这很像电子游戏中的练级，充值/装备的质量决定着实力级别的提升速度）。获得实力（升级）、积累财富（夺宝）是玄幻小说最常见的主题，也是"我吃西红柿"最热衷的主题。几乎每一部小说都遵循一个不变的情节推进模式：积累财富—实力变强—守护亲友免遭伤害—获得朋友亲人的尊重。

这样的情节在成名作《寸芒》中就已经存在，到了《星辰变》，这一模式彻底开启；而《吞噬星空》是这一模式的巅峰作品。《吞噬星空》主角罗峰有时"打怪"获得超额财富，比如在地球华夏国"新手村"时，主角罗峰一家一开始只能住在拥挤的廉租房，后来罗峰凭借武者身份兼修"精神念师"去打怪兽，仅仅一只"高级兽将级"怪兽就让主角获得8亿华夏币（随着实力的增加，罗峰还要打"王级""皇级"怪兽），要知道一开始罗峰一家人遥不可及的独栋别墅价格大概2亿元华夏币。罗峰有时是因为"奇遇"获得巨额财富，比如在一个湖底偶然获得陨墨星主人的传承，不但得到各种无价的宝物和武器，更有直接的巨额财富（这些货币存放在"宇宙星河银行"的三个账号中，主角达到一定级别就可支取）。整部小说，我们见证了主角财富的几何级数的增值——甚至作者在写作的时候，还出现了货币通胀的现象。当货币数值达到几百亿、几万亿的时候，作者就频频启用新货币（如黑龙币、乾武币、宇宙币），最后连宇宙币都"通胀"得厉害，于是作者便用"混元"来计算宇宙币（1混元=1万亿宇宙币）。

"我吃西红柿"的小说主角普遍喜欢积累财富，主角获得的宝物不是"够用就行"，而是远远超量、无限积累的。主角绝不是贪恋财物，而是将这当作资本的原始积累，等有机会获取更大"利润"的时候，便义无反顾地"投资"出去——这些财富是主角经营自己生活的原始资本。这是简单的逻辑对应着当今社会企业和个人发展的一般状况，有点类似于马克斯·韦伯描述的资本主义精神①。"记账"是当今企业与个人生活必不可少的收益损耗记录工具，有意思的是，在"我吃西红柿"的小说文本中，还经常出现"收益损耗的记账簿"式的段落。

原来他们说的一两、十两、百两，指的是元液啊！元液可是天地元力之精华，凭借元液可以直接修炼。对身体没有任何负担。当初纪宁在那矿脉中的石室中得到了极为稀薄的薄薄一层元液，却也估摸着有二三十斤。

自己用了仅仅三分之一，不足十斤，就突破到紫府层次且巩固了紫府前期了。

"二三十斤元液，就抵得上我纪氏全部财产了。"纪宁暗道。"一百两元液可就是十斤元液，刚才那北山狐请一个琴仙子作陪，就动用了我纪氏近半财产？太，太疯狂了吧。"

"一百两元液。"浑无奇点头，"差不多是一件地阶法宝，以北山狐的性格。和你斗气就扔一件地阶法宝，差不多是极限了。"

纪宁咋舌。

好吧。

自己杀了许离真人才得了三件地阶法宝，辛辛苦苦才积累点那等家当。和安澶侯府地位极高的贵公子相比，的确差得远啊。

通过上述"记账簿"的内容，我们了解到："主角所在的纪氏部族财产约是二十斤元液的市值。十斤元液的价值等同于一件地阶法宝。主角这次杀人夺宝获得了约等于三十斤元液的回报，但是这些回报跟安澶侯府的北山百微一比，就不算多有钱了，预示着主角将要超越自我，眼

---

① 马克斯·韦伯.新教伦理与资本主义精神[M].黄晓京，彭强，译.成都：四川人民出版社，1986：15-16.

界会变得更高，要追求更大的价值。"在"我吃西红柿"的小说文本中，这种"记账簿"式内容比比皆是，每本小说中都会出现很多次，这里就不再赘述相似案例了。

从这种文本设定来看，"我吃西红柿"的玄幻小说明显指涉了个人在当今经济社会"进取"路径的一般规律。积累财富和宝物的过程，也是主角获得尊严与力量的过程。这与资本主义精神气质是相通的，就像象征资本主义精神崛起的小说《鲁滨逊漂流记》中的主角那样，在一个荒岛上经过20余年的奋斗，获得了财富和个人成功[1]。伊恩·瓦特（Ian Watt）指出，《鲁滨逊漂流记》的"大部分感染力产生于笛福的主人公在'经济王国'中做'个人奋斗的需要'的那种特性，而这种奋斗是能通过想象产生共鸣的"。[2]"我吃西红柿"的小说也具有这样的特征，尽管它们的题材不是现实主义的，但是内在逻辑却与《鲁滨逊漂流记》一致——即通过冒险精神和个人奋斗取得财富和社会地位。为何当代人喜欢看这种冒险精神和个人奋斗结合在一起的文本？瓦特认为，因为经济专门化，现代社会完备的组织，生活中能激发人兴趣的可能性减少了，"日常工作多样化和刺激作用大为缺乏，这在很大程度上是要由我们的文化中个人对印刷品，尤其是对新闻和小说形式提供的代用经验的独特的依赖来补偿。"[3]冒险和个人奋斗的可能性是当代普通人稀缺的经验，"我吃西红柿"的小说也很可能是作为一种补偿性的"代用经验"而被读者广泛阅读的。

"我吃西红柿"的小说文本指涉了青少年男性在社会化过程中，可能遇到的最核心的问题——"怎么奋斗进取，进而获得个人成功？"这

① 姜悦，周敏.网络玄幻小说与当下青年"奋斗"伦理的重建[J].青年探索，2017（3）.
② 伊恩·P.瓦特.小说的兴起——笛福、理查逊、菲尔丁研究[M].高原，董红钧，译.北京：生活·读书·新知三联书店，1992：74.
③ 伊恩·P.瓦特.小说的兴起——笛福、理查逊、菲尔丁研究[M].高原，董红钧，译.北京：生活·读书·新知三联书，1992：74.

个问题是青少年长大成人过程中要面对的最主要问题之一①。"我吃西红柿"的小说不但告诉读者：只有有了大量的财富，才能在这个社会获得力量和尊重；而且还进一步指出了奋斗进取的路径：积累财富与资本，然后于恰当时机出手，实现资本与财富的无限增值。

想要取得成功，最好还要有一个"领路人"，"我吃西红柿"的小说主角一般都会有一个或几个厉害的师傅。《盘龙》中主角有德林柯沃特、贝鲁特等师傅和领路人；《吞噬星空》中主角有陨墨星主人呼延博、混沌城主、坐山客等厉害师傅；《莽荒纪》中有殿才仙人、摘星府主、菩提道人等厉害师傅。在男性的进取过程中，尊重经验，通过学习获得一技之长也是必需的要素。这实际上也是一种资本积累，技术资本的积累。一个成熟的男性不但应该有直接的财富资本，更应具备技术资本。这样的故事设定与现实中青少年男性读者对"事业发展"的思考相映成趣。

"我吃西红柿"的小说文本对于读者来说，当然不是用说教去指导人家的人生，而是用娱乐故事的形式隐喻生活。毕竟，读者是有辨识力的，他们不愿意接受说教，却愿意从"故事艺术"的娱乐中汲取"意义"。

三、小说文本指涉了男子气概及其核心要素

"我吃西红柿"的小说文本展现了青少年男性感情的一些核心要素，故事情节中蕴含着显而易见的"直男"气质（也可以说是过激的男子气概）。男主角要承担一切守护亲友的责任，男主角要对妻子忠心，男主角要繁衍后代，男主角要让其他男性同伴尊敬，甚至男主角还要绝对掌

① 姜悦，周敏.网络玄幻小说与当下青年"奋斗"伦理的重建[J].青年探索，2017（3）.

控、支配、奴役手下人的一切（男主角总少不了要豢养一批绝对忠诚的奴仆）。

女主角在"我吃西红柿"的小说中，存在感非常弱。《寸芒》中的女主角在故事开始就去世了，男主角行动的动力之一就是找到死去的女主角，并将其复活。《星辰变》的女主角姜立在前半段出场几次，然后就消失了，等男主角秦羽快要升到最高级的时候，姜立才再次出现。《莽荒纪》也是如此，女主角余薇在开头的"三界篇"就去世了，直到最后男主角成为宇宙主宰才复活了她。在"我吃西红柿'所有的小说场景中，女主角出场的次数可能是低于10%的，甚至是低于5%的。爱情在他的小说中比较干瘪，所谓爱情对于男主角而言，就是简单的两情相悦，然后承担守护的责任。女主角的形象多是传统类型，能力要弱于男主角，性格上多是相夫教子的贤惠女性形象。这种刻板的性别形象散发着如今广被女性主义批评的男权气息。

马克斯·韦伯指出过资本主义精神的早期发展与新教禁欲主义的关系："恪尽职守，努力工作""浪费时间是最大的罪孽"这些禁欲原则客观上有利于企业经营、个体成就的取得①。不为享乐地追求事业进步，须以一种僧侣般的、兄弟会般的热情来维持。在"我吃西红柿"的故事中，爱情是超越庸俗的肉体关系的，是圣洁的。他的小说始终如一地坚持"单女主"的设定，这在玄幻小说中并不多见。没有任何享乐放纵，更多地笔墨用在男主角的事业上和描写"兄弟情"上，这些都显示出了禁欲主义的特点，也符合青少年男性以学业／事业为重的"大局观"，当然还符合青少年男性对于理想爱情的想象。在这点上，"我吃西红柿"的小说文本关涉了男性青少年读者的感情核心——男性如何在性别关系上定位自我的问题。

---

① 马克斯·韦伯．新教伦理与资本主义精神 [M]．黄晓京，彭强，译．成都：四川人民出版社，1986：143-148．

布尔迪厄（Pierre Bourdieu）曾指出："男子气概是一个相当具有关系意义的概念，它是面向和针对其他男人并反对女性特征，在对女性且首先在对自身的一种恐惧中形成的。"①男性气质是通过差异原则形成，男性气质通过"非女性特征""反女性特征"形成了强者崇拜、力量崇拜，无时无刻不处于要赢得尊重、获得荣光的紧张和焦虑当中。这种男子气概表面上是强大的，但它又是极脆弱的，男子气概必须刻意去维护，必须主动争取才能"获得"。换句话说，男性特权"是以长久的压力和紧张换来的"②。越是"直男"气质，越要付出更大的代价，所以我们看到几乎所有故事的男主角都是"劳模"，无时无刻不在刻苦修炼、守护亲友，这样才能赢得独属于男性的荣光。

　　在人际关系的处理上，"我吃西红柿"的小说文本也显示出过激的男子气概。故事男主角对于赢得尊敬、控制他人有着比较反常的兴致。对于兄弟情，男主角当然是靠感情来赢得兄弟们的尊敬，比如《星辰变》中的主角秦羽和好兄弟黑羽、侯费。而对于更多的手下人（职业上的下属），则是靠强迫、靠许以重利来赢得尊敬，甚至还热衷"收奴"当"主人"（这些奴隶对主人要给予绝对的尊敬，不得有一丝一毫地抵抗）。这样的设定见诸多部小说：比如用一些神器去控制别人，如用"灵兽圈""灵魂契约"控制人形灵兽，用"生物芯片"控制其他强者等。强行支配他人的意志，对他人"是否尊敬自己"过分敏感，显示出作者的性别意识中对男权传统的高度认可，一个成熟的男性应靠事业立身获取尊敬，并且要尽可能地获取支配别人的权力和荣光。

　　性别身份的话题对于即将步入成人社会的男性青少年，显然是一个

---

　　① 皮埃尔·布尔迪厄.男性统治 [M].刘晖，译.北京：中国人民大学出版社，2011：74.

　　② 皮埃尔·布尔迪厄.男性统治 [M].刘晖，译.北京：中国人民大学出版社，2011：70.

核心问题。"我吃西红柿"的小说就这个核心话题为读者提供了文本意义资源。不过,这些关涉性别的文本未必是用来"劝说"读者的,它只是提供了意义的资源,让读者们通过这些文本意义形成社会意义,也即真实的"读者"该如何处理性别关系的问题未必会被文本意义主导,只是他们会由此关注到这些意义。

四、小说展示了男性青少年熟悉的娱乐元素

"我吃西红柿"所讲述的故事整体性很强,格局很大,且能够自圆其说。但这些故事在写法上并不讲究,有时候显得太过平铺直叙,缺乏前后呼应的情节安排意识。比如《盘龙》中最重要的线索是,贝鲁特的实际身份是主神,但是直到最后读者才能看到(更讲究的写法,应该是作者早就应对此予以暗示);再比如《莽荒纪》中,余薇是无间门神王的卧底也是一个重要转折,但是之前没有做任何烘托与铺垫,直到将要发生转折时,作者才提及此事。在这一点上,同级别作者辰东、天蚕土豆等人倒是显得更会安排情节讲故事。"我吃西红柿"的读者似乎并不太在意这些细节性的问题,故事好就可以被接受,好故事是最重要的,其他的缺陷都可以算作"瑕不掩瑜"。"我吃西红柿"的故事中包含着男性青少年熟悉的娱乐元素,比如网游元素、武侠元素。

在成功的网络小说中,"娱乐性"要统摄一切,不管是价值观的传达,还是作者暗含的意图,都得臣服于文本自身的娱乐性。"我吃西红柿"小说的主要内容是暴力、武器、正义等相关的话题,这明显是对武侠元素的借鉴使用。武侠是通过暴力提供娱乐的范本,玄幻小说可以视

为武侠小说的延续和发展，因为大多数武侠小说的套路都被玄幻小说继承和吸纳。两者最相通的地方是通过描述暴力来提供娱乐。暴力为何带来娱乐？归根结底还是文本意义与社会意义之间的比喻关系所致，读者的乐趣总是与个体经验相关。"暴力（即身体冲突）之大众性，在于它和阶级或者社会冲突之间的比喻关系……使暴力大众化的是社会体制，而不是公民的'低劣性'。"①"暴力关系必须和社会关系相关联，这样，暴力关系的表述才能允许被统治者从中建构出社会关联意义，也因此从中得到快感。"②我们之所以喜欢看大众文化中的暴力，是因为这个社会本身存在着一些社会问题，如不公、压迫、掠夺、侵占等。观看暴力不是因为读者天生低劣，而是这样的社会结构让读者将作品中的暴力情节转化为了"抵抗"的快感。

从前的武侠小说发展为现今的玄幻小说，一个重要的转变是玄幻小说文本中的非现实感占据了显著的位置。这是一条从"低武"到"高武"，从"低魔"到"高魔"的进化之路。《水浒传》中的强者不过是能赤手空拳打死老虎，再到金庸、古龙，一个强者可以对战数百个普通武者，而到了玄幻小说里，一个强者随便就可以毁灭一个世界，例如《莽荒纪》中，中了少炎氏的圈套后，纪宁一掌就毁掉一个有数十亿生命的小世界。

强调"幻想"的非现实感让玄幻小说更注重对想象世界的建构。研究者们不约而同地认为，网络文学与青少年读者对自身作为电子游戏玩家的集体经验相关："中国网络文学深受电子游戏的影响，这是它跟传统文学不同的重要方面。在'世界''人'与'叙述方式'上，游戏经

① 约翰·费斯克.理解大众文化 [M].王晓钰，宋伟杰，译.北京：中央编译出版社，2001：160-161.

② 约翰·费斯克.理解大众文化 [M].王晓钰，宋伟杰，译.北京：中央编译出版社，2001：163.

验均带来诸多启发。"①"网络文学受到电子游戏的影响是很大的，很多网络小说在处理和现实的关系、设计叙事模式上都更接近电子游戏而非传统文学，可以说是一种'游戏化文学'。"②"我吃西红柿"的玄幻小说大肆借鉴电子游戏的情节和设定，这样一方面对接了青少年的娱乐兴趣点，另一方面则有助于建构隔离于真实世界的虚拟世界（或曰"第二世界"）。在"我吃西红柿"的小说中，大的情节"打怪升级换地图"几乎都是电子游戏的套路人；再具体到小的情节，"刷怪打宝""刷副本练级""随身道具"（如乾坤袋、储物手环，实质上是游戏中的"道具中心"）这些都是对电子游戏情节的借鉴。我吃西红柿的大、小情节几乎都是有意地去借鉴电子游戏。

不妨以《星辰变》来分析"我吃西红柿"小说的内容组织模式，《星辰变》共包含四个大故事模块（"四幅地图"），主角在这四个故事模块都安排了不同的"主线任务"，具体如下。

（1）潜龙大陆／低层次凡人界（主线任务是获得金手指，灭掉楚王朝）。

（2）暴乱星海／腾龙大陆／高层次凡人界（主线任务是获得九剑仙府传承、逆苍境传承）。

（3）仙界／妖界／魔界（主线任务是获得迷神殿传承）。

（4）神界（主角功法即将大成，主线任务是掌握超强炼器技能）。

可以看到，《星辰变》的大情节几乎都就是对电子游戏情节的照搬——在一个虚拟空间（一幅"游戏地图"）中完成一个主线任务，完

---

① 黎杨全.中国网络文学与游戏经验 [J].文艺研究，2018（4）.

② 傅善超.媒介、结构与情结——论"升级流"网络小说的游戏性 [J].中国文艺评论，2018（6）.

成之后"通关"进入下一个空间完成新任务。然后，我们再以《莽荒纪》为例来谈一下，"我吃西红柿"小说的故事设定是怎样借鉴电子游戏的。

珍宝殿得到宝物有两种办法，第一种是神魔炼体境界提升；第二种就是去闯战神殿，战神殿共十层。

闯过战神殿第一层或第二层，可挑选人阶法宝一件或价值相当的奇物。

闯过战神殿第三层或第四层，可挑选地阶法宝一件……

闯过战神殿第五层或第六层，可挑选天阶法宝一件……

闯过战神殿第七层或第八层，可挑选仙阶法宝一件……

闯过战神殿第九层或第十层，可挑选纯阳法宝一件……

水府历代主人在神魔炼体每一个境界都有两次闯战神殿的机会，比如纪宁现在是神魔炼体先天生灵，他就有两次去闯战神殿的机会。等神魔炼体中到了紫府。又有两次机会。

上面这一段描述的是纪宁进入"摘星府"（这个空间类似电子游戏中的"副本"）。这一段的内容根本就照搬了电子游戏的经典情节：完成不同的任务，获得相对应的奖励。

"升级"是电子游戏的主要叙事情节，也同样被借鉴到"我吃西红柿"的玄幻小说中——不但主线是升级（从平凡的天才一级级地升到至尊主宰），连小情节也是由升级构成。比如《寸芒》"昆仑仙境"篇有这样的故事：上清宫曾彦一出场，作者就暗示曾彦的父亲为上清宫高层，这个官二代蛮横地抢夺主角的宝物，反被主角所杀。这引发上清宫长老曾升对主角的仇恨，继而又引发整个上清宫对主角的仇恨。不难发现，从小 boss 曾彦到大 boss 曾升，再到更大的 boss 上清宫，这就是主角战斗力逐渐升级的见证（注：boss 即游戏中的"老怪"，是游戏玩家要"打"

的敌人）①。

类似的小情节也可以见"我吃西红柿"的其他小说，比如《星辰变》中，主角秦羽杀死章鱼族妖兽桑墨之子，引起桑墨的追杀，又引起桑墨上级赤血水蟒族查戈、查珀的追杀，最后招来手持巨宝的大哥赤血洞府的终极 boss 查洪的敌意。查洪和九煞府（紫煞蛟龙族）争夺宝物极品灵剑时，被主角杀死，又引来更高一级九煞府大 boss 的敌意。这里同样是"打怪升级"的小情节：桑墨——查戈、查珀的——查洪——九煞府。随着主角战斗力的升级，所遇到的 boss 是实力越来越强的。

对电子游戏元素的大量借鉴，让玄幻小说与传统的武侠小说形成了反差。玄幻小说更乐于建构虚拟的"第二世界"，小说文本也有更强的虚拟感、非现实感。在电子游戏成为青少年主要娱乐途径的时代，主流读者群的集体经验已经决定了武侠小说在与玄幻小说竞争中的败北。尽管两者之间有明显的传承关系，但是新一代的青少年读者的娱乐经验已经决定了最终的结局②。

在"我吃西红柿"的小说中，武侠情结和电子游戏时代的娱乐元素比较完美地熔为一炉。一方面，"我吃西红柿"热衷于写飞刀、飞剑、顿悟、厉害师傅、门派忠诚等武侠元素；另一方面，他又是把电子游戏"升级"套路玩得最得心应手的网文作者之一。在《寸芒》原始版本中，作者还致敬了"小李飞刀"，主角被设定为小李飞刀的传人（不过在最近的版本中，大概是因为版权问题，李寻欢这个人物被改为了李秋风）。这本致敬经典武侠的书，同时较早地熟练地使用了电子游戏"打怪升级

---

① Boss 是电子游戏玩家的一个术语。一般游戏都设置有关卡，游戏操作者需要通过关卡才能进行下一关的游戏。游戏为了增加游戏的难度和乐趣，在与每一关的关底压轴部分，或者迷宫的最里面，设置了非常强大的 NPC（非玩家控制角色）叫作 boss。一般杀完后会掉落各式各样的稀有的游戏道具和触发重要的游戏剧情（参见百度百科"boss"词条）。

② "我吃西红柿"的第一部小说《星峰传奇》（2005 年开始连载）就如同辰东的《不死不灭》（2004 年开始连载）一样，见证了从武侠小说到玄幻小说的变迁。这两部小说前面章节还是典型的武侠写法，到了作品后期则是玄幻小说的写法。

换地图"的情节设定 ①。"我吃西红柿"对新一代青少年的娱乐需求，可谓把握精准。

五、结语

由上面几节的分析可见，"我吃西红柿"的小说文本预设了一些基本意义框架，这些框架鼓励青少年读者对文本采用"实用主义"态度的解读方式，以之作为意义资源来理解自己的社会处境、来建构自己的男性身份、来复现自己熟悉的娱乐经验。这些小说越是能让读者产生共鸣和快感的狂喜，读者便越是会投入很大的精力到这些文本当中。约翰·费斯克认为，大众文化之所以能带来"快感"，就源于受众在大众文化商品的文本意义与日常生活的社会意义之间建立起了相关性："大众文化是大众在文化工业的产业与日常生活的交界面上创造出来的"，因此"大众文化必须关系到大众切身的社会境况" ②。大众文化只要想为受众提供快感和意义，就注定它无法绕开"现实"，它应该围绕着受众的实际社会处境来生产自己的作品。"我吃西红柿"的小说"文本意义"能助益男性青少年读者们理解与己相关的核心——"社会意义"，所以它才有了娱乐价值。娱乐是实用的，而我们却经常在大众文化的娱乐经验中遗忘这一点。

读者对"我吃西红柿"小说的阅读显然不是"文学式"阅读，而是

---

① 有些研究者认为，借鉴电子游戏的升级模式，是中国内地网络文学的首创。但这是错误的，因为我国台湾地区的罗森在 1997 年开始连载的《风姿物语》中，就使用了升级的设定，如天位高手又分为小、强、斋、太四级。《风姿物语》一开始是作为日本电子游戏《鬼畜王》的同人小说来写的。

② 约翰·费斯克. 理解大众文化 [M]. 王晓钰，宋伟杰，译. 北京：中央编译出版社，2001：31.

典型的大众文化读法，否则我们便无法理解，"我吃西红柿""一个套路用十年"的作品究竟为何长期不被读者抛弃。大众文化的特点就是重复、套路，不照搬现实，在其他的大众文化作品中也是这样。伊恩·昂对肥皂剧的研究提出："对传奇剧（melodrama，也可译作情节剧）采用文学规范无视了强化的情节和夸张的感情的功能，但是正是这种功能能够揭示出传奇剧吸引力中的一些东西。"强化的情节和夸张的情感反应是吸引读者的文本内容。大众文化中的故事一般不是对现实生活的照搬，甚至更多的是现实生活中很少发生的事。电影中高概率出现的"最后一分钟营救"，言情电视剧中广泛存在"绑架""私生子"，在现实中一般人很少遇到这样的状况，但是在大众文化故事里却是常见的内容，而网络玄幻小说中的情节更是远离现实，现实中很少有人修炼，也很少有机会遇到杀人夺宝的状况。然而，现实生活中的人虽然不修炼，但是都普遍渴望变强大，虽然罕见杀人夺宝的极端场景，但是与人争抢机会的事却比比皆是。

"故事是生活的比喻"，大众文化中的故事与现实生活之间的关系不在于真实性上的相似度，而在于情感逻辑的一致性。这就像精神分析学中的梦与现实的关系一样，梦显然并非现实，但它会用"象征"的方式指涉现实，"梦的象征手法实质上就是一种比拟""（梦与现实之间的）象征关系是一种十分特殊的比拟"[①]。大众文化作品经常被比作"白日梦"也是这样的道理，人们早已从常识的角度辨认出大众文化故事与现实之间的"比喻"关系。伊恩·昂将大众文化故事中的现实维度称为"情感现实主义"（emotional realism）——在电视肥皂剧《达拉斯》（Dallas）这类大众文化作品中，"现实感"产生于心理现实（psychological reality）的建构，而与（虚幻）作品适用于真实可感的社会现实无关，

---

① 西格蒙德·弗洛伊德。精神分析导论讲演 [M]. 周泉，等，译，北京：国际文化出版公司，2000：130.

甚至可以说这类作品是"'内在的现实主义'与'外在的非现实主义'相结合"。玄幻小说写的就是绝不可能发生于现实中的虚幻故事，但是这些虚幻故事却具有"内在的现实主义"，它的情感线索遵循着现实的逻辑。

　　读者以讲述虚幻故事的文本作为意义资源来理解现实问题。"我吃西红柿"的小说文本对准了男性青少年读者的"痛点"，能够恰到好处地让读者们通过对文本的关注和接受，得到抚慰、激励和启示。以我吃西红柿作品为代表的网络玄幻小说，很像是情节好看的、用奇幻情节讲述的成功学"鸡汤文"。在"我吃西红柿"的成名作《寸芒》（2006）中就已经有明显的励志型文本："这世上又有什么不可能的，我现在弱，可是只要我努力，一定会成功。"① 这说明作者很明白小说文本对于读者意味着什么，也说明在文本意义被生产的时刻，作者就已留下了指涉现实的通道，供读者发现、理解，以接合自身的现实经验。

---

① 语出"我吃西红柿"：《寸芒》第 14 集第三十一章。

第六章 《琅琊榜》系列文本的中国古典精神内核与美学表现探讨

四川广播电视大学 李昱瑾

随着《甄嬛传》《花千骨》《琅琊榜》《如懿传》等电视剧的热播，网络文学全产业链蓬勃发展，该产业链核心即网络文学相关问题日益受到海内外各界的关注。《琅琊榜》系列文本作为其中的典型代表，12年来吸引了一代又一代的读者。自其被改编为电视剧后，更是引发社会热议。党的十八大以来，习近平总书记和党中央对新时代文化建设提出了发展要求，为包括网络文学在内的新时代文化工作指明了方向。若说网络文学经过20年的发展，已经由"杂牌军"走入大众视野，日益成为"正规部队"，那么，网络文学所承载的功能就不能再仅仅是满足大众审美需求，而应当反思这类作品为新时代文化建设能够留下何种有益果实。对《琅琊榜》系列文本中所蕴含的中国古典精神内核与美学表现进行探讨，有助于总结典型网络文学作品中所蕴含的中华优秀传统文化，有助于新时代文艺发展和文化建设，推动中华优秀传统文化的继承、发展与传播。

一、国内外相关研究

自山影集团及正午阳光等出品的电视剧《琅琊榜》（2015 年）、《琅琊榜之风起长林》（2017 年）火爆荧幕以来，对《琅琊榜》系列电视剧的多向度研究从 2011 年到 2018 年均未停歇。《琅琊榜》系列电视剧是基于四川网络文学作家海晏的同名小说《琅琊榜》《琅琊榜之风起长林》改编而来，其第一部《琅琊榜》作品总共约 73.59 万字，于 2006 年 11 月 25 日在起点女生网上架，成为签约 VIP 作品后，共约 526.76 万总会员点击，获得 48.67 万总推荐。2007 年，该作品实体出版。2015 年 11 月，该作品获第一届网络文学双年奖银奖；2016 年 12 月，再获 2016 年中国版权金奖作品奖。目前，该作品在豆瓣评分保持 9.1 分的好成绩，而网络文学世界中的热度使该作品具有 IP 转化的可能，经影视改编传播扩大社会影响力后，对作品的研究见诸纸端。2017 年 12 月，第二部作品《琅琊榜之风起长林》再现荧幕，2018 年 2 月，同名小说在爱奇艺与掌阅连载，均取得了不俗的成绩，并持续引发关注。

1.《琅琊榜》影视改编作品研究

梳理知网 273 篇与关键词"琅琊榜"有关的文献，发现目前学界探讨主要集中于对电视剧版《琅琊榜》系列作品的探讨。近三年研究主要包含以下内容。

（1）基于传播学视角的剧版《琅琊榜》研究。卢安琪（2017）以《琅琊榜》在韩国播出效果为例，对电视文化传播过程中的创新性提出思考。认为在媒介文化全球一体化的背景下，电视文化可以借助我国历史文化底蕴的优势，达到文化宣传的效果。张婧（2016）以《琅琊榜》和《甄嬛传》为例，探讨了历史题材电视剧对展示国家文化、塑造国家形象的重要作用。王展昭、任儆（2016）针对剧版《琅琊榜》在中国香港、韩国、美国、新加坡等地掀起的购买热潮，从影视受众心理的角度对其热播原因进行分析，探寻影视受众的真实需求，以此唤醒电视创作者的文化传播责任意识。

（2）基于文化产业视角的剧版《琅琊榜》研究。王若扬（2018）以《琅琊榜》为例，以产业链上、中、下游为线索，分析 IP 热播剧是如何在上游企业、中游影视制作公司和游戏制作公司、下游 IP 衍生品开发企业的多重作用下，借助"粉丝"经济及口碑传播一步步推动国内文化全产业链的开发。王晓丹（2016）以《琅琊榜》和《欢乐颂》为例，阐述了在影视行业中网络文学 IP 盛行的原因，认为网络文学 IP 转化剧不断实现内容的创新和拓展海外市场是其未来发展方向。

（3）基于美学美育视角的剧版《琅琊榜》研究。张畅（2018）从朦胧雅致的图像意境到个性鲜明的人物形象，从跌宕起伏的权谋叙事到民族大义的家国情怀，阐述该剧诸多情节体现中国传统文化精神，剖析了剧版《琅琊榜》较高的艺术审美价值和对当代大众审美的引导。赵芝眉（2017）从影视美学的角度探讨了剧版《琅琊榜》的艺术创作、审美体验和审美品位。苏米尔（2017）立足美学视角，通过对剧版《琅琊榜》的情节设置与人物塑造的解读，揭示出《琅琊榜》刚柔并济、美善相济的美学特征，以及"美美与共，天下大同"之审美追求。白云昭、王怀春（2017）则对剧版《琅琊榜》美育功能的实现进行了探讨。

（4）基于文化学视角的剧版《琅琊榜》研究。荆桂英（2018）从郭沫若的"借古鉴今"历史表现真实手法，描述了剧版《琅琊榜》时代精神与历史精神的统一，要讲好中国故事就要在创作原则、剧作结构、叙事思维上下功夫，提到文艺作品应当契合民族文化心理结构，弘扬中国精神。刘慧莹（2017）从中国古代容礼剖析了剧版《琅琊榜》的儒家君子之貌。宋为为（2017）探析了剧版《琅琊榜》中儒家"仁"思。韩胤婕（2017）对剧版《琅琊榜》涉及的庙堂权谋文化、江湖市井文化、古代日常文化及主人公的古典人格、水墨画般的传统文化美学进行了剖析，认为该剧对当前传统文化教育具有启示作用。戴瑞卿、吴海燕（2016）则从多方面探讨了剧版《琅琊榜》的影像语言、服道化水平、剧情走向、人物形象、制作水准及价值观在展示传统文化方面的价值。

2.《琅琊榜》网络文学作品研究

目前，学界对网络文学作品《琅琊榜》的基础研究并不多见，主要有以下方面内容。

一是美学美育研究。如邓阿丽（2017）从接受美学的角度谈到了文本的艺术魅力。葛娟（2017）从审美范式建构上谈到了文本的叙事体式、故事形态、虚构方式及价值取向问题。

二是结构主义研究。施灏（2017）以结构主义为基础，从符号学视角切入，对文本表层的行动元模型、深层的符号矩阵进行了建构，认为它们指向的是内蕴的人性欲望。

三是人文情怀研究。如黄群英（2017）剖析了文本对人的价值的追问，对人的尊严的维护，对个体生命的重视及对人的基本权利的思考。刘振义（2017）则对文本中主要人物的情义关系进行了剖析，认为小说对有情有义的完美人性做了赞美，对无情无义的卑劣行为进行了有力的抨击，而有情有义的圣高崇洁终究要战胜无情无义的鄙陋卑劣。

四是精神分析研究。许梦雪、张娟（2017）以荣格心理学为基础，利用人格面具、异化理论、性格研究、原型理论等，分析了文本中的主要人物梅长苏（林殊）、梁帝、靖王、夏江、谢玉、静妃、穆霓凰等人。

五是传播学域研究。卢军、潘凤君（2018）从传播学角度介入，以《子夜》《琅琊榜》等作品为例，探讨了报刊传媒、电子传媒制导下的小说生产问题，探讨了小说与媒体的伴生状态及大众传媒语境中的问题及 IP 改编措施。

3. 当前研究的未尽之处

当前学界对《琅琊榜》系列作品的考量往往聚焦于影视作品本身，而非网络文本本体。

首先，中国网络文学发展至今已 20 年，本研究将目标聚焦于 IP 衍生转化的源点——《琅琊榜》系列网络文学作品，对把握当前我国网络文学发展具有理论意义。

其次，从对作家作品的整体把握来看，当前学界对海晏《琅琊榜》系列文本的作品分析集中在第一部，对其第二部作品《琅琊榜之风起长林》的文本分析鲜见。事实上，仅从文本角度考察，第二部作品的整体风格、语言表达比第一部作品更加成熟，但由于影视先行而文本滞后①，故学界对该文的研究力度不足。本研究将打破格局，将视两部作品为海晏本人风格的统一显现，以作品中所展示的中华优秀传统文化为对象，全面梳理《琅琊榜》中蕴含的传统文化精髓。从整体上综合衡量、比较分析两部作品，对于作家作品研究具有建设意义。

再次，从对区域文化研究的角度来看，海晏作为四川作家，对其典型作品的深度剖析有助于学界进一步了解、把握四川网络文学的发展，为当代文学研究中留下网文川军足迹打下基础。

最后，从对中华优秀传统文化的探讨来看，《琅琊榜》作为海量网络文学作品中的一部，能被读者认识、接受、喜爱，不光因为作家将故事讲得好，更在于作家睿智地在情节架构、言语描写、人物塑造、个性展示等各个方面将中华优秀传统文化灌注其中。本研究重点在于从网络文本的角度，看其对优秀传统文化是如何进行表达的，将系统性、创造性地展示作品中包含的中华文化精髓。

---

① 《琅琊榜之风起长林》电视剧 2017 年 12 月 18 日在东方卫视、北京卫视播出，爱奇艺等网络平台以 VIP 付费形式对外播映；同名小说于 2018 年 2 月 27 日在爱奇艺文学发布。

二、《琅琊榜》系列作品中的中国古典精神探讨

1.情之一物

诗缘情，是中国古典文论对文艺功用最直接的定义之一，也体现出中华传统文化对人类情谊的尊重。然而，受礼教传统束缚或特定阶段阶级思想局限，将"志""情"割裂做二元对立，每个时代大有人在。实际上，不光《诗经》名篇《关雎》脍炙人口，《尚书·尧典》①也早有所言："诗言志，歌永言，声依永，律和声。"荀子等人用了大量篇幅去讨论诗、乐、舞等文艺形式的产生及人们对其的需求是客观存在的，不同的作品能使人产生不同的心理反应，如"心悲""心伤""心淫""心庄"，是"人情之所必不免也"②。所以，回归到网络小说本体上看，《琅琊榜》系列作品对情感的讴歌与描写是第一性的。正是作者本人对中华传统文化（重情）的理解，也因为作者细腻动人的描绘，对人类情感（如友情、亲情、爱情）的尊重，才显得作品别具一格且富有感染力。

朋友情：第一部作品中琅琊阁少阁主蔺晨一力帮助梅长苏（林殊）制造声势，使其名动天下引众王来寻；梅长苏（林殊）助力皇七子靖王萧景琰登基即位，因其宽厚心正众望所归。主人公身边围绕着众多血肉丰满重情重义的友人，如梅长苏的贴身侍卫飞流、禁军大统领蒙挚、双姓之子萧景睿、乾门弟子言豫津等人。第二部作品中深陷贪污泥淖的长林军前军统领路原迷途难返，却在最后将共谋犯莱阳王企图杀掉的人证保护下来，并将自首书交予长林王萧庭生，萧庭生则在其死后护其子周全。梁帝萧歆临终之际担心功高年迈却痛失长子的长林老王爷萧庭生无人保护，当众托孤予其崇高地位，以全兄弟情谊。

---

① 郭绍虞，王文生.中国历代文论选（一卷本）[M].上海：上海古籍出版社，2001.

② 郭绍虞，王文生.中国历代文论选（一卷本）[M].上海：上海古籍出版社，2001.

手足情：第二部作品中长林王世子萧平章为二弟萧平旌操心至极。前有教育宠溺之情，后有舍身救命之谊，可谓长兄如父。在得知兄长为保护自己身中剧毒依然奔赴战场，最终马革裹尸以身殉国后，萧平旌毅然与昨日洒脱飞扬的自我告别，扛起长林军大旗卫国勤王。实际上，他迅速成长的背后，"是一个处于崩溃边缘勉强支撑的孩子""不辞辛劳地去做每一件具体而繁杂的事务，却拒绝亲眼看着兄长的遗体入殓""谁也不能用怀念或追忆的语调在他面前谈论逝者，甚至在最后落葬祭奠的典礼上，他都要移开视线，无法直视墓碑上朱笔描出的兄长的姓名。"

父子情：舐犊情深，人之常情。但海晏对父子情的描述不仅局限在血缘，更在于情感本身。第二部作品中长林老王爷萧庭生亲口对自己的义子萧平章这样说："为父记得你们兄弟俩小时候，性情完全不同。平旌飞扬跳脱，天不怕地不怕的，先帝和陛下都更喜欢他，但是你心里知道，那个小子算什么，我最偏爱的，从来都是你。"老王爷将世子位无私地给予了宽厚正直、稳重克制的义子萧平章，即便梁帝一再表达隐忧，老王爷也从未动摇过对义子的信任、理解与支持。

夫妻情：两部作品对爱情的安排布置略有不同，但都表达了作者对爱情的态度。从礼赞的角度看，若说第一部作品体现出作者"君子成人之美"的情感倾向（赤焰军少帅林殊因身中火寒之毒，自知病体缠绵不久于世，以梅长苏的身份亲手促成未婚妻霓凰郡主与部属聂铎的婚事）；第二部作品中不管是萧平章与蒙浅雪，还是萧平旌与林奚，都体现出爱情之美，心心相印、互相扶持、忠诚信任、亲昵陪伴。但与其他类型小说相比，作者对爱情的态度明显具有现代性，第二部作品中医女林奚并没有因为爱情放弃自己的行医理想，她深入疫区治病救人，焕发出不同的光彩。从警世的角度来看，第二部作品萧元启与荀安如的情感悲剧根源在于三观不合。不可否认，他们二人的结合是有情感基础的，从世俗眼光来看，郎才女貌佳偶天成，但是爱情背后两人三观不合，无法互信、互谅、互相扶持，尤其是在荀安如失去孩子，叔父被丈夫设计刺杀后，她失去了活下去的勇气，在她人生旅途的尽头，她的言语体现了这个从小被保护到大的女性的心声，语虽轻柔，却是对丈夫萧元启行事的极不认同："我虽是女子之身，万事都由人做主，但也想要活得一世安心，不辱家门。既是夫妻一体，你起兵谋叛，我便算是于国不忠；叔父养我长大，却因我一时软弱而死于非命，又可谓不孝之极……此生不忠不孝，何颜偷生……"

2. 志存高远

以《左传》《尚书》《庄子》《荀子》为代表的古代典籍，将"诗言志"作为一个理论术语提炼了出来。古典文论对诗歌的政治教化作用，对作品抒发作者思想、抱负及实现人生价值等方面的功用做了说明。同时，中国传统文化对志气、志向、志趣的赞颂（如"志向高远""志趣高洁"等词语）及对古往今来无数仁人志士的讴歌（如"风萧萧兮易水寒，壮士一去兮不复还"的荆轲，"举世皆浊我独清，众人皆醉我独醒"的屈原，"大风起兮云飞扬，威加海内兮归故乡，安得猛士兮守四方"的刘邦，"王师北定中原日，家祭无忘告乃翁"的陆游，"人生自古谁无死，留取丹心照汗青"的文天祥等），都一再说明中国文化对"志"的观照。

因文本特性，海晏作品对"情"的讴歌是第一性的，但其对"志"的抒写与颂扬则使得《琅琊榜》系列文本与其他网络小说区别开来。《琅琊榜》作者海晏是一位成都的女性白领，其第一部作品在起点中文网上架时，作品分类为"古代言情/穿越奇情"。许多读者最开始将文本当作普通网络言情小说来阅读，但作品读完，通篇的家国天下。作品是作家精神世界与思维意识的总体反映，海晏以细腻的笔触探讨了主人公梅长苏（前赤焰军少帅林殊）深陷背叛困境，饱受火寒之毒侵袭，病体缠绵却志存高远，心怀天下。因此，作品本身除了对朋友情、手足情、父子情、夫妻情的讴歌外，个体恩怨与家国天下的关系问题在当代网络表达中得到新的探讨。也正是因为格局高雅，志向高远，不拘泥于普通儿女私情，使得这部作品从一众言情小说中脱颖而出。

3. 仁者天下

在中国传统文化中，"五常"（仁、义、礼、智、信）之首即为"仁"。可见"仁"在传统文化（尤其是儒家文化）中处于道德标准的高点。海晏笔下的人物，从外在到内在，从视觉观感到内在修为，都体现出了"仁者风范"，在她所架构的世界中，仁者才能得天下。

那么，何为"仁"的视觉观感？《论语》①中用了大量篇幅探讨"仁"者的外在表现和内在修为。如《颜渊》篇中讲颜渊及仲弓问仁，"子曰：'克己复礼为仁。一日克己复礼，天下归仁焉。为仁由己，而由人乎哉？'颜渊曰：'请问其目。'子曰：'非礼勿视，非礼勿听，非礼勿言，非礼勿动'"，又说"出门如见大宾，使民如承大；己所不欲，勿施于人；在邦无怨，在家无怨"，这里的视、听、言、动，强调的就是君子言行；这里的"己所不欲，勿施于人"强调的就是人的修为，即儒家文化将人的言行修为当作了"仁"的一部分。

在《琅琊榜》系列文本中，不管是"遥映人间冰雪样，暗香幽浮曲临江。遍识天下英雄路，俯首江左有梅郎"的琅琊公子榜榜首梅长苏，还是"身若磐山朗朗，心有情义千千"的长林世子萧平章，从人物形象上看，或克制隐忍，或刚健威武，富有男子气概，即便是前期飞扬、后期收敛的萧平旌，或是一如既往正直刚毅如"水牛"的靖王萧景琰，都始终遵循了"克己复礼"的翩翩君子貌。所以，"仁"不光体现在德行

---

① 朱熹. 论语集注 [M]. 郭万金，编校. 北京：商务印书馆，2015.

的追求中，首当其要的便是视觉观感。

同时，"仁"在儒家文化中不光是"克己复礼""仁者爱人"，还是一系列伦理思想、行为规范的集合。《子路》篇有"樊迟问仁。子曰：'居处恭，执事敬，与人忠'"及"刚、毅、木、讷近仁"的说法。《阳货》篇中提到"子张问仁于孔子。孔子曰：'能行五者于天下为仁矣。''请问之。'曰：'恭、宽、信、敏、惠。恭则不侮，宽则得众，信则人任焉，敏则有功，惠则足以使人'。"

海晏将"仁"的广博内涵通过人物形象的塑造和情节开展体现出来。众多人物角色的世界观、人生观、价值观都体现出了"仁"的内核。第一部作品中的林殊蒙冤受辱，隐姓埋名，处江湖之远却忧国忧民，他名满天下，忍辱负重，成为太子萧景宣、誉王萧景桓等人拉拢的对象，却最终选择支持正直善良、以天下事为己任的靖王萧景琰。而靖王除了正直善良外，还隐忍霸气、至忠至孝、至情至性、尊重贤良、坚守正义，立志要为当年的赤焰冤案平反，为皇长兄祁王萧景禹与好友林殊洗脱冤屈，为天下生灵谋幸福。第二部作品中世子萧平章宽厚庄重勤敏，身负重责从未推卸，萧平旌聪慧洒脱，兄友弟恭、孝悌忠诚，荀飞盏克己公正，蒙浅雪忠贞坚强。这些人物形象的塑造，成功地体现了中华传统文化中的"仁"，正是仁者举事，才能众望所归，天下太平。

4. 义海深沉

在中国传统文化体系中，"义"和其他概念如"仁""道"类似，不是独立存在的，而是一个文化集合。儒家讲"义"，最早认为"义"来源于"仁"，故有"仁义"一说；又认为义、利有别，如"君子喻于义，小人喻于利"（《论语·里仁》），所以孔孟重义轻利，且坚定地认为"生亦我所欲也，义亦我所欲也；二者不可得兼，舍生而取义者也"（《孟子·告子上》)①。荀子发展了"义",认为当"礼义"②治世,即"人生而有欲,欲而不得,则不能无求,求而无度量分界,则不能不争,争则乱,乱则穷。先王恶其乱也,故制礼义以分之(《荀子·礼论》)③"。在墨家看来,"义"有道义、公义、正义的意思,它是伦理的,是道德的约束和规范,"天下有义则治,无义则乱"(《墨子·天志中》)④。

两部作品均以"复仇"为线索,背后都有"义"的身影。不同之处在于第一部作品从正面角度描写了以梅长苏为代表的仁义之师忍辱负重,以布衣之身力挽大梁颓势,看似追逐名利,介入皇权之争,实则以复仇为手段,行事磊落,助力公正重义的靖王荣登大宝,匡扶社稷,显示了主人公对正义的坚守。

第二部作品则笔锋一转,从反面角度描写了"非义"的复仇。国师濮阳缨(夜秦人)为报三十年前夜秦国瘟疫爆发,大梁长林军奉命封锁边境以防瘟疫蔓延,致使夜秦国倾覆一仇,设重重陷阱摧毁长林王府及长林军。在为母国复仇的过程中,濮阳缨陷害忠良,行事阴毒(屡用投毒、挑拨手段),陷天下苍生于危难,最终却机关算尽,走向灭亡。故事设计显示了作者对"义"的理解——两部作品都在追求公平正义,但由于在求"义"的过程中的人物角色选择不同,最终也走向了不同的人生终途。

其实,两部作品还集中体现了中国古典文化中的智、勇、忠、信、孝、让、恭、良、和等精神,受篇幅所限,暂不赘述。

---

① 朱熹.孟子集注[M].上海:上海古籍出版社,1987.

② "义"字繁体写作"義",下半部分的"我"古指兵器,上方的"羊"为装饰。一说"義"通"儀",有宣誓威仪的意义。

③ 杨倞.荀子[M].耿芸标,校.上海:上海古籍出版社,2014.

④ 毕沅.墨子[M].吴旭民,校点.上海:上海古籍出版社,2014.

三、《琅琊榜》系列文本的中华古典美学探讨

1. 语言的古典美

从孔子的"文胜质则野,质胜文则史,文质彬彬,所以君子也"(《论语·雍也》)起,我国许多文论家都谈到过"文质相称"的问题,包括扬雄、刘勰、皎然、苏洵、梁肃、韩愈、朱熹、方苞、章学诚等人。中文是全世界最具有美感的语言系统之一,一个文字、一个词组、一组句子背后蕴含的意向无穷。优秀作家应当在故事叙述与语言表达之间努力追求平衡,毕竟不是每部作品都是《三体》。

随着网络文学的发展,海量作品中同质化倾向严重,为了吸引读者,满足他们的差异化需求,市场对小说的故事架构与叙事节奏愈发强调。许多点击率过千万、排名靠前的作品言语粗糙,文字缺乏美感,离佳作的要求尚远。从这个角度来看,《琅琊榜》系列作品中的语言表达具有中国古典文学的美感。

仅选一处为例,如两部作品开篇均对全文中十分重要的一个地点"琅琊阁"做了详细描述。

《琅琊榜》:"世上凡是听过琅琊阁之名的人,都知道它位于琅琊山顶,是一处美轮美奂的风雅庄园,园内亭台楼阁,秀女灵仆,园外一条宽阔的石板主路,蜿蜒而下,直通山脚的官道。天南海北、水陆两行的人都可以很轻易地到达这里,可以很随意地入它的门庭。"

文字对象与营造意向如表6-1所示。

表6-1 《琅琊榜》中对"琅琊阁"的直观描写与意向表达

描摹对象	琅琊山	庄园、亭台楼阁	男女仆童	进园主路
营造意向	处于山顶	美轮美奂、风雅	秀美、灵动	宽阔、蜿蜒直达山脚

《琅琊榜之风起长林》："满山秋意，层林尽染，数重殿阁在缭绕的云雾间若隐若现，平添了几分游离于世外的仙气。这便是天下闻名，无人不知无人不晓的琅琊阁。自琅琊后山的峰顶破崖泄下的一弯水瀑，在半山腰处积出个数十丈见方的深潭，潭边溪涧蜿蜒，一座蜂腰石桥跨涧而过。"

在海晏的描述中，时间、地点被富有诗意的语言渲染，秋天的山林中，琅琊阁为云雾围绕。文字通过想象展现在人脑中，再度引发读者对这个江湖圣地的强烈好奇。两句之后，笔锋直入琅琊山腰的深水潭，这里发生了开篇的第一个故事，即"萧平旌取寒晶石"。相比较第一部作品，第二部《琅琊榜之风起长林》的文字更加优美凝练，一方面有着水墨画的晕染意境，另一方面保持了工笔画的细致描绘，文采跃于笔端，读之眼前如有画面，特色鲜明。

2. 预叙与预设

中国古典小说在叙事时惯常采用"两预"手段。

一为预叙。所谓预叙，即预先对将来发生的事件进行叙述。方式多种多样，有预言式、梦启式、寄语式、诗词式等，用以统领情节发展。如三国演义开篇的《调寄〈临江仙〉》及"话说天下大势，合久必分，分久必合"等。《琅琊榜》借鉴了传统的预叙方式，利用琅琊阁对梅长苏（林殊）所下评语"麒麟才子，得之可得天下"，使其成为朝堂多方争相招揽的对象，也使整部作品围绕主人公梅长苏（林殊）展开。从文章的结局来看，确实是在梅长苏的帮助下，靖王荣登大宝，成为皇位之争中的胜者。

二为预设。所谓预设，即提前设置条件，做好叙事铺垫。如《红楼梦》开篇作者自云及僧道携补天遗石入世历劫，空空道人眷抄石中记等，均为增强故事悬念。《琅琊榜》的两部作品均以神秘琅琊阁为开端，对琅琊阁所出的琅琊榜一番铺垫，它既是文本的文眼、关键词，也是文本的主要符号，引发读者对榜中人的好奇，也意味着叙述主体在叙事过程中将以琅琊阁与琅琊榜中人为主要对象展开讨论。

3. 话微方知著

一部作品要塑造出丰满的人物形象，需要在细节上用全力，只有把极微小的细节都描摹好，才能传神地刻画人物形象。中国古典小说喜好描写日常生活细节与"小"事，《金瓶梅》与《红楼梦》甚至一度成为民俗学家的研究重点。《琅琊榜》在"话微"这一点上一部比一部更加出色。如《风起长林》在描述萧平旌下寒潭捞彩石久未出水，小童在旁紧张惊呼"平旌哥哥淹死了"时，作者这样写道：

> "几乎与此同时，碧潭水面冲开数尺高的水花，一条人影跃出，脚尖在山石上微点，借着旁边的藤蔓轻捷荡落，发束上的水珠随意一甩，全甩在小童鼓鼓的脸颊上。将满二十一岁的萧平旌体态修长，腰身劲瘦有力，额角和眉眼的线条已显刚硬，唯有下巴还余留了两分少年的圆润。他瞧着小童胡乱抹去脸上水珠的样子，笑得前仰后合，双眉飞起，'瞧你这没出息的，我有那么容易淹死吗？'"

通过这段描写，主人公萧平旌俊朗儿郎潇洒貌初现。作者对人物形象、动作、语言的细节把握精到，少年时期的萧平旌洒脱不羁的人物性格凸显，与稍后出场的兄长萧平章沉稳大气的人物性格特征迥异，画面入人脑海。正是因为前期刻画的萧平旌如此率真洒脱，长兄毒发身亡后萧平旌的成熟变化才更加令人心痛。

4. 渐进式叙事

随着文学载体演变为网络形式，读者消费习惯改变。从阅读习惯来看，受信息技术限制，受众更倾向于接受单线叙事方式，好莱坞叙事法则被引入网络小说创作中，对短期戏剧冲突与主要人物矛盾的过度强调给作者带来了巨大压力。

《琅琊榜》顶住压力，甚至开篇笔墨重点均不在主人公身上。洋洋洒洒近一万五千字，主人公琅琊阁主梅长苏（林殊）经过三次侧面描写，才隆重登场。这种渐进式叙事方式要求读者具有足够耐性，同时也为喜好此类作品的读者做足铺垫。渐进式叙事方式在海晏作品中始终为情节展开服务，她的预设往往看似平常，实则在后续过程中常能出现"反转"。如第一部中有着宁国侯家大公子与江湖豪门卓家二少爷双重身份的萧景睿，却被自己尊重敬仰的父亲几次欲置于死地；第二部中潇洒不羁的长林王府二公子萧平旌在养兄萧平章为救自己逝世后成长改变，最终于危难中引领长林军起兵勤王，安邦定国。

5. 留白的艺术

留白，即艺术家为使作品协调精美，有意识地留有空白以引人想象，是中国文艺创作中的常用手法和重要表现手法，被广泛地运用在中国绘画、陶瓷、书法、戏剧表演中，是中国文化的一部分，极具中国美学特征。海晏将留白艺术的精神运用于叙事过程中，如作者在第一部中描述萧景睿与梅长苏于二更天三间药棚处相见时，并未直接描写梅长苏的人物形象，而是通过一连串的侧面描写，如对周遭环境、动作、声音、言语举止等的描绘来表现对象，给读者留足遐想空间。

四、《琅琊榜》系列文本的成功对网络文学创作的启迪

1. 新时代呼唤优秀的网络文学作品

一种观点认为，由于《琅琊榜》等明显具有古典文学功底的系列作

品对奇情过于倚重，对情节过于强调，所秉承的文化内涵及表达方式均未能突破中国古典小说的最高峰，所以，这类作品至多只能归属于中国古典文学中的通俗小说行列，它与其他类型化网络小说一样，受到追捧只是大众消费文化使然，不应过度宣传。

实际上，与其讨论《琅琊榜》系列小说是否格调高雅，是否突破以往，不如讨论它是不是一部好作品。从《诗》三百起，楚辞、汉赋、唐诗、宋词、元曲、明清小说，都成了那个时代的文学代言人，屹立于世界文学之林，这些文学类别，有一部分恰恰起源于勾栏作坊，早期也借助了某种文学样式的基因。但不管是士大夫偶然的雅化介入，还是民间创作发展到一定阶段的必然结果，总之英雄不问出处，每种文学样式的背后都有代表作。

随着社会的发展及文艺作品传播载体的演变，青年一代艺术体验方式从书本转向网络，网络文学由 20 年前的边缘文学、草根文学朝着主流文学方向发展。应当清醒地认识到，书本阅读到网络阅读的转变并不仅仅意味着文艺创作载体的局限性变更，而是一个时代的文艺作品从生产到消费的全过程变化。看起来写的都是小说，都是诗歌，但网络时代的文艺作品从创作思想、主要内容、整体结构到表现形式、叙述方式，都已经和书本阅读时代的作品有较大差异，也就是说，网络文学并不单纯的是传统文学的网络化，形式对内容的倒逼使得网络文学具有新时代新文学样式的雏形。

也许网络文学领域内有部分自由主义、历史虚无主义倾向的作品，也许一些过于强调宣泄与狂欢、暗黑的作品一时能够得到追捧，但随着网络文学市场规模的扩大，具有社会责任的网络文学作品一定会出现。《琅琊榜》系列作品便是其中的代表，它很好地将中国古典精神与当代网络表达进行了结合,使当代青年在阅读的过程中体味了传统文化精髓。应当对此类新时代文学作品给予支持。

2. 网络文学应以文化为心、故事为用

《琅琊榜》系列作品通过对中国古典精神的准确把握,对传统美学的有力再现,使古典文化在当代社会的继承发展有了新的可能,说明当代网络文学的发展必须外靠故事情节的吸引力,内靠文化的核心竞争力。

《琅琊榜》的成功,标志着大众接受度与传统审美标准在某种程度上能够达到平衡。要使当代青年对中华优秀传统文化产生强烈的情感认同,就应当采用他们能够接受的方式,用讲故事的形式来替代传统说教,对弘扬中国古典文化意义重大。简言之,文化为心、故事为用。

和严肃的、传统的、课堂式的国学教育相比,以小说为主要体裁的网络文学其表达方式更加大众化,更加接地气,它将古典文化的精髓融入叙事中,随着跌宕起伏的情节发展,读者对古典文化产生兴趣,引发共鸣,这种潜移默化的情感体验不仅将影响个体读者,也将在审美意识、道德规范、价值取向上引导整体青少年群体,对调整网络文学内容生产、全产业链工作运转将产生重大影响,对我国以传统文化为依托,重建文化自信,以新的方式传播中华文化,加强包括文化建设在内的"五位一体"总体建设而言,均具有重大意义。

3. 网络文学应使古典文化与当代精神融合发展

"互联网+"时代到来,信息技术的开放性和互动性特征促成了大众文化发展。大众意识的觉醒和分众消费模式削弱了传统精英阶层的话语权,意见领袖民间化。"暗黑系""耽美向""二次元""中二病""同人志"读者群体化,看要看"爽文",求要求"打怪升级金手指""雄霸天下我无敌",不是"玛丽苏白莲花傻白甜无敌",就是"霸道总裁爱上你";"以德报怨何以报德""人不为己天诛地灭"的个人主义宣扬使传统的艺术审美倾向与中华文化精神面临巨大挑战。

实际上，中国古典文化与当代精神的有效结合一直是我国网络文学创作的重点研究领域。《琅琊榜》系列作品的成功正是得益于其借助中华文化脉络，传递出了正确的人生观、价值观、世界观。在面对死亡、孤独与不自由的时候，《琅琊榜》系列文本中那些鲜活的人物对生命价值和生存意义的思考，都透过他们的"情""志""仁""义""智""勇""信""孝""恭""让""良""和"，传递出了国人对情义、志向、仁爱、自由、平等、公平、爱国、诚信、礼让、和谐、友善等观念的认同。这些文化内核并未过时，反而是当代社会应当继承和发扬的关节点，它们中的很多部分都是时代精神的体现，也是当前社会主义核心价值观的基本内容。因此，在喧嚣尘上的网络文海中，《琅琊榜》系列文本坚持从优秀传统文化的思想内核与审美表现出发，将古典文化与当代精神有机融合，既是时代需求的，也是当代网络文学创作应该借鉴、学习、继承、发扬的。

第七章 网络文学产业化研究：网红情感 IP 打造及品牌化运营研究

北京聚能鼎力科技股份有限公司　黎可可

"网红"即网络红人，是伴随互联网和新媒体技术的发展而兴起的一类群体。"网红"往往具有很强的感染力，能给生活节奏越来越快的都市上班一族带来极强的心理共鸣。而在众多的心理需求中，情感需求是最热门且最为人们所需求的。情感类的网红通过自媒体平台的受众定位塑造人设进行情感驱动，精准卡位并持续进行情感激化，与粉丝开展高黏度的互动和情绪价值传播，一方面使粉丝的情感需求得以满足，另一方面积攒用户逐渐实现个人品牌 IP 化。伴随着 IP 化的过程，如何谋求流量变现也成了这些网红们关心的问题。在移动互联网高速发展的时代，打造极具辨识性和用户引领力的网红情感 IP 需要做到坚持、传播与创新，通过建立 UGC 用户生成机制，以用户为导向，不断满足用户的社交需求和自我实现的需求，从培养种子用户开始、建立用户画像进而与用户达成共鸣，不断强化培养和交互，通过社群管理与运营不断深化与用户的双向互动，使用户自身 IP 与网红情感 IP 达成共振，不断挖掘用户价值，从而使流量变现成为现实。

一、绪论

1. 背景与意义

当今，移动互联网的快速发展使得自媒体这一新型社交工具不断地普及与演化，其内容创造的快速性、传播的广泛性都深刻地影响着每一个人的生活，一些极具代表性、拥有广泛粉丝基础的自媒体从中脱颖而出，成为具有号召力、影响力的"网红"。而"网红"群体的迅速产生、发展也引起了社会的热议，一方面对传统社交方式产生冲击，另一方面也塑造着新的价值体系与评价标准。不可否认的是，"网红"群体是社会与时代进步的产物，引导"网红"群体健康有序的发展，对于社会是有积极的正面效益的。

而在众多的"网红"中，情感类 IP 则是最引人注目的类型之一。从马斯洛的五大需求来讲，人们具备社交需求和自我实现的需求，日常处于忙碌紧张状态下的人们需要一个给予他们心灵慰藉的"港湾"，而网红情感 IP 的出现则满足了人们的这种需求。网红情感 IP 通过自媒体平台的受众定位塑造人设进行情感驱动，精准卡位并持续进行情感激化，与粉丝开展高黏度的互动和情绪价值传播，一方面使粉丝的情感需求得以满足，另一方面则使个人品牌 IP 化。随着网红情感 IP 的不断涌现，同业者之间势必展开激烈的"抢粉大战"，因此如何增加粉丝黏度实现流量变现，并通过品牌化运营持续挖掘衍生价值，是网红情感 IP 打造及品牌化运营具备重要的现实意义。

2. 思路与方法

本文以我国情感类自媒体发展运营的实际情况为依据，在广泛阅读相关资料和文献的基础上，收集有关信息与数据，进而明确研究方向。文章开篇介绍了论文的研究背景与意义，接着对网红情感 IP 的相关概念进行了翔实的介绍，同时也列举了"小北""我走路带风"等著名网红情感 IP 品牌化运营的案例，对其进行了分析与评价。之后文章对网红情感 IP 的打造进行了可行性分析，并研究了其品牌化运营的实施方案。最后，针对我国目前网红情感 IP 的发展现状做出了总结。

3. 行文框架与结构

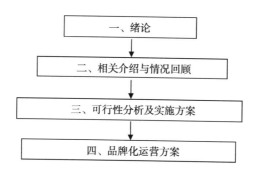

4. 创新与不足

学术界尚未有对网红情感 IP 打造及品牌化运营的系统性研究，本文从实际出发，分析了网红情感 IP 的打造及品牌化运营的可行性方案，此可谓创新之处。不足之处在于可借鉴的文献资料和经验案例不够充足，因此具备一定的局限性。同时，由于作者水平有限，分析问题可能不够客观全面。

二、相关介绍与情况回顾

网红情感IP、品牌化运营等作为新生词汇对于没有从事新媒体行业的人们来说还有些许陌生，我们对概念先进行详细介绍。

1. 网红情感IP相关概念介绍

（1）网红。"网红"即"网络红人"，是指在现实或者网络生活中因为某个事件或者某个行为而被网民关注从而走红的人，或长期持续输出专业知识而走红的人。他们的走红皆因为自身的某种特质在网络作用下被放大，与网民的审美、审丑、娱乐、刺激、偷窥、臆想、品位以及看客等心理相契合，有意或无意间受到网络世界的追捧，成为"网络红人"。因此，"网络红人"的产生不是自发的，而是网络媒介环境下，网络红人、网络推手、传统媒体以及受众心理需求等利益共同体综合作用下的结果。

（2）IP。IP从法律意义讲是指知识产权，是人们就其智力劳动成果所依法享有的专有权利，通常是国家赋予创造者对其智力成果在一定时期内享有的专有权或独占权（exclusive right）。

移动互联网时代，IP有了更为广泛的意义。对于自媒体而言，IP意味着平台流量倾斜、产出价值内容、行业辨识度和品牌影响力。IP可以是知名博主，也可以是受众较多的微信订阅号、公众号，这类自媒体都具备专业化运营、粉丝黏度高强交互、流量可持续变现等特点。而情感IP则指专门输出各种情感故事的自媒体，这类自媒体能精准把握用户的情感需求，使其产生共鸣，通过不断地互动与持续性的吸引来使自身的影响力日渐扩大。

（3）品牌化运营。传统意义上的品牌化运营是指企业利用品牌这一最重要的无形资本，在营造强势品牌的基础上，更好的发挥强势品牌的扩张功能，促进产品的生产经营，使品牌资产有形化，实现企业长期成长和企业价值增值。

对于网红情感 IP 而言，培养一批能进行持续性深入互动的头部粉丝是品牌化运营的基础，塑造个性化的风格和热点话题是品牌化运营的重要条件，而品牌化运营的核心是如何实现流量变现，同时品牌化运营也需要强有力的团队支持与系统维护。

2. 品牌化运营案例回顾

本文选取了两个具有代表性的网红情感 IP，对其进行了深入的分析。

（1）小北。微信公众号"小北"从 2016 年 3 月正式运营，到 2017 年为止圈粉 220 万，并搭建了 600 万粉丝的情感矩阵，包括电台等在内，全网粉丝近 2000 万。面对新媒体的红海，尤其是大量同质的情感号，"小北"用文字和声音的力量不断发展壮大。文章分析主要有以下几个原因。

① 坚持用户导向，与用户进行深入互动。热爱写作的小北坚持在每一篇自己所写的文章的留言区与粉丝进行深入互动，对话题进行延伸，并推荐一些歌曲给用户。除了保持内容上的温度和持续性以外，小北在初期的粉丝导流上也做出了很多富有成效的努力，比如组织优质同类号的互推、通过电台导流等。

② 细化情感需求，打造情感矩阵。除了保持高频推送之外，小北还对用户的不同情感需求进行分类，经营了 30 多个自媒体 IP。不管是以情感、时尚、娱乐甚至灵异故事为内容主线，整个新媒体矩阵其实都是在为泛娱乐人群提供优质服务，持续培养粉丝黏度及未来变现的可能才是关键。

③ "精准广告推送 + 线下活动"的变现方式。情感矩阵通过追踪用户的需求偏好设立个性化的广告推送，从而达到精准推送的目的。同时，

定期举行线下活动以增加老用户黏度并不断吸引新用户，获取持久的用户价值。

（2）我走路带风。"我走路带风"是一个拥有超过200万粉丝的微信公众号，由山东的"95后"女生宋澍泽运营。在没有重金扶持，没有资源倾注的情况下，这位女生靠情感的真诚与犀利的文笔吸引了众多粉丝。

该公众号能迅速走红的重要原因在于，宋澍泽的成长经历让她更早的成熟，进而能更清楚的看清这个世界。她比同龄人对于爱情、金钱、生活有更多的阅读与思考，这些经验优势在她的文笔下转换为既贴近生活但又叛逆、多彩的故事，其中含有青春迷惘的话题、鲜明的个性和价值观、第一人称的叙事风格，都能引起同龄人的强烈共鸣，因而也具备了病毒式的传播能力，吸引了众多"90后"粉丝。

三、可行性分析及实施方案

1. 网红情感IP的打造

（1）IP定位。网络自媒体五花八门，纷繁复杂，IP定位首先是要有清晰的自我认知，"我是谁？""我代表的是什么？""我能为用户带来什么？"清楚了以上三点，给自己贴上一个一句话可以讲明白的标签，不断刻意练习，单点强化标签，这个经过无数次迭代复盘之后的标签，就是个人IP。通俗地讲，个人IP就是别人眼中的你，而大家提起你的时候最先联想到什么，在哪些时候会主动想起你，就是你的品牌影响力和价值。

在明确"我是谁"之后更应该明确"我能为目标用户解决什么问

题？"想清楚这两个问题，就可以明确自己的定位。好的情感 IP 是有内容和自带流量的人格魅力体，都市人因为工作节奏快，生活单一，对情感有更深的渴求和缺失，所以更加期望获取情感共鸣，而情感类的原创内容，多数从都市生活中抓取痛点，以故事、鸡汤、道理的行文风格呈现出一个个立体丰富的都市剪影，让读者感同身受觉得这是自己的故事，爱情、生活、现实、理想、失落、孤独、碰撞、坚韧，由这些关键词引发的情感故事都会有流量吸引，有了人格化标签，就可以通过内容和价值观形成强大的流量入口，持续的引发痛点，持续的触碰痒点，重复刺激之后情感 IP 与用户黏度和交互由低频转为高频，并在互动中不断强化自己的标签和人设，让用户可以寻求到安全感和情感寄托。

（2）情感 IP 打造的几个阶段及策略。IP 的发展都会经历五个阶段：发现、认识、记住、喜欢、无法忘记。发现：精心设计出场，重复标签，在各个平台被引荐，让用户看到你就知道你是谁和哪个领域是你所擅长的；认识：定位清晰，有自己的调性和风格；记住：打造新媒体矩阵，保持更新频次刷存在感，建立品牌联盟，培养忠实用户；喜欢：保留自己的个性和特质，不迎合，通过自身的不断迭代吸引追随者；无法忘记：和非目标用户链接，用第三人效应增加影响力。而无论情感 IP 处于哪个发展阶段，都应做到：坚持、传播和创新。

① 坚持。坚持在情感领域中持续产出大量高质量的内容，坚持在新媒体矩阵的各个平台上创建自己的账号并使用一个标签进行内容传播和引流，坚持与用户进行高频的沟通和反馈，你要清楚的知道用户群体的属性，要真正能给用户解决需求，并持续地挖掘痒点和痛点，再持续地满足需求，不断增加黏度和依赖感。

② 传播。阅读后转发可以获取新的用户，所以，主动培养和开拓

传播渠道是获取流量的关键，深耕可以和用户共情的内容，用游戏化思维建立激励机制，让用户共情之后愿意主动转发，并且引导用户进行 UGC。所谓的 UGC 是指用户原创内容，Web 2.0 的兴起促使互联网向个性化方向发展，各类互联网平台更加依赖于"用户主导—用户建设—用户维护"的以"用户"为中心的信息生成方式，即 UGC（User Generated Content，用户生成内容）①。

用户开始生产内容之后，就变成了用户既是情感内容的浏览者，也是情感内容的创造者。而 UGC 的关键是无论是研究内容的产生还是内容的流动，都希望知道用户在贡献内容的时候到底在想什么，他们的动机是什么，才能有的放矢地进行。毫无疑问，用户在生人网络和熟人网络，也就是在生人面前和熟人面前表现出来的行为是完全不同的，社交网络从马斯洛需求模型来讲，基本上从第三层就开始介入了，社交需求—尊重需求（被认可）—自我实现需求，而迫使用户主动产生分享内容的需求与欲望，无论是文字也好还是图片也好，基本上也就是满足用户的尊重需求和自我实现需求，在弱关系使用场景中，找到群体趋同感，感觉自己被需要，也可以刷存在感和认同感，所以在进行 UGC 的尝试时，更要关注用户在生产原创内容时到底在想什么，想要满足自己的什么需求，然后逐渐培养并刻意练习。

③ 创新。情感 IP 除了保持和强化既定标签，更要勇于创新给用户带来持续的新鲜感和刺激感，一成不变的风格会导致用户的流失。所以，当你的核心标签已经被用户所认知和传播后，在保持本源的基础之上，要对不同视角和风格下的内容进行改变和创新，并用小工具和投票与用户互动，进行优化调整和改进，不断创新，让用户永远觉得你可以给他带来更多共情和共鸣。

---

① 胡秋萍. 国内 UGC 研究的热点及发展路线分析 [J]. 情报探索，2018（6）：128–134.

2. 如何获取用户

（1）种子用户。种子用户是定位之后的早期目标用户，可以容忍你的不足，和你一起成长。第一批种子用户可以是你的家人、朋友、同事，利用一对一沟通或者微信群的方式展开高频互动，请用户给出建议和意见，并对做出的改变实时反馈结果。用户有参与感能共情，就会愿意持续专注愿意陪伴成长，也愿意传播，在第一批种子用户中筛选出真正喜欢并追随你的核心用户。

（2）有清晰的用户画像。有了第一批的种子用户，可以画出精准的用户画像，用户画像是真实用户的模拟模型，你有标签，你的用户也有标签，当用户画像越来越清晰，就可以知道你所影响人群的用户地域、性别、年龄、职业、受教育程度、喜好及婚姻状况，不断了解用户，不断地去获取更多数据和信息，最终就可以知晓用户的需求、行为、价值观，以及用户关注你的深层动机，他们喜欢什么？他们的需求是什么？怎样的激励可以增加关注度和黏度。怎样的渠道可以接触到用户。怎样的场景可以让流量变现。经过数据收集，分析和深入了解用户之后，就能精准化获取流量，精准化推送内容，最终实现精准化营销。

例如：咪蒙微信公众号从一开始便把目标受众定位在 25～35 岁的女性群体，这就是她的用户画像，尤其是女性大学生、职场白领和家庭主妇，这些人群更容易接受新鲜的观点，也正处于人生的过渡阶段。迷茫的大学生、初入职场的白领、困于生活琐事的家庭主妇，她们都需要一个宣泄口，而咪蒙微信公众号刚好能为这部分人群"发声"，提出新时代女性的新观点，颠覆传统，让这部分人群又重拾希望，咪蒙微信公众号就像是她们的情感寄托，自然粉丝忠诚度也就更高。[1]

---

[1]　李安，潘天波. 微信公众号运营：人设、情感与设计 []. 电子商务，2017（7）：65-67.

3. 如何增加用户黏度和忠诚度

（1）满足用户需求。用户需要什么就产出什么样的内容，核心是通过内容让用户找到共鸣。共鸣即用户无法用语言表达的真实感受，按照方法论可以将共鸣分为三个级别。

一级共鸣是热点、痛点、金钱、性、暴力。例如，痛点，《你也这样疲惫的爱着一个人吗？》。性，《我们男人出轨不是为了性》。看到标题，其实就可以感知里面的情绪。

二级共鸣是亲情，友情，职场，社会。社交基于微信来说，属于高频词汇，尤其是朋友圈社交，所以关于二级共鸣，举个友情的例子，《和好朋友渐行渐远，是什么感觉？》这个标题其实打了怀旧方向的共鸣点。

三级共鸣是生活方式，吃喝逛买。例如，《你购物车里的东西，配不上你的人生》。而共鸣也可以升级，当三级共鸣和一级共鸣叠加在一起，情绪升级，共鸣也随之升级。例如，旅游是三级共鸣，痛点是一级共鸣，旅游加痛点，《你为什么跟人没话聊，因为你见识少》。

怎么找共鸣？其实共鸣来源于观察，所有的内容都离不开共鸣，离不开深层次的洞悉人性，那么共鸣去哪里找？首先从自己身上找，自己的喜怒哀乐就是共鸣；其次，别人身上找，每个人都是行走的素材库，都有很多的故事和情绪需要抒发；再次，从与用户的互动中找共鸣，最最关注的点和需求；最后，在各个社交网站上找，流量在哪里，共鸣就在哪里，例如，知乎的高票问答、豆瓣八组、天涯热帖、微博热搜及各种有趣的博主。

综上所述，满足用户需求其实是在满足用户的情感需求。信息传播的实质是情感传播，有时候信息传播的主体是谁并不重要，重要的是受众在其中找到了情感共鸣的价值归属。微信公众号的推送可以说正是一种与受众进行情感交流与互动的纽带，发生的过程分为三个阶段：情感化激发—情感化互动—情感化传播。

（2）增加用户黏度。用户黏度包括图文阅读数、分享数、收藏数、公众号推荐数和公众号服务使用次数等，提升用户黏度最重要的技巧：高价值的内容或服务的输出。内容永远是核心，服务的输出包括互动和活动，互动可以不定期的设置话题，可以通过话题去了解粉丝，知道粉丝想要和不想要的分别是什么，在平时的内容推广中在源头严格把控，就可以既满足粉丝的需求，还依靠强互动形成分享转发，保持活跃度，吸引和增加新的用户。活动包括线上和线下的活动，根据分析用户的需求点选出合适的活动形式，每个活动都有玩法，而玩法分为两个部分：主线玩法和支线玩法。以线下活动为例，大家最关注的就是嘉宾的量级，以及内容对自己有没有帮助，所以主线就是嘉宾分享过程，支线是什么呢？破冰的一系列游戏和奖励，不管是线上活动还是线下活动，不仅要思考主线玩法是怎样，同时也要预备几个支线玩法，让整个活动更加有意思。

（3）进行社群运营。社群运营是将拥有某个共同凝核的人连接在一起，运用一系列方法、手段和社交工具来提高社群用户的互动频率和活跃度的一种做法。

网红情感 IP 决定了社群的基因，也决定了社群的发展可能，要想做好社群运营，首先要想清楚以下几个问题：做社群的初衷是什么？社群运营的目的和目标是什么？社群运营的用户渠道和用户画像是什么？社群存在的优势是什么？同类社群存在的劣势是什么？如何去解决劣势点？

了解结果，然后围着社群的五大需求机制去做过程：首先要有可持续产出的优质内容；其次要为社群谋求福利，之后向社群的成员寻求帮助，不断交互反馈提升，满足社群成员的社交欲望；最后彰显出群的价值，让社群中的成员都愿意去达成社群的目标，社群想要长久，社群成员之间有共同目标和持续的相互交往，有主观意愿和承诺度，也有群体意识和规范。

社群运营的价值是可以深入了解用户，及时获取反馈，知道用户的需求，并可以通过有效的沟通及时迭代，以实现特定目标。

而要将社群运营好，首先要明确社群运营建立的目标及初衷始终都是围绕网红情感 IP 的，所以要先建立和用户的链接机制，有情感链接，也有兴趣链接、福利链接、价值链接，这些链接机制都围绕着社群运营的五大需求，既满足成员的需求，也突出社群的优势所在。

例如：情感 IP 与用户的粉丝社群在建立之初是围绕情感，那就尝试着让用户在社群内部感受到强烈的存在感和安全感，并能在社群中满足自己的情感需求和情感宣泄。明确与用户建立强链接和强交互的基点是关键所在，在明确建立基点之后，要去制作一份用户的愿望清单，用户持续关注社群其实就是不断满足欲望的过程，所以根据社群发展的不同时期的具体需求，要有针对性的满足用户的愿望目标。建立以内容为基础的粉丝群，并在种子用户里面发展社群管理者，有了社群之后可以在社群内分享互动，培养用户的活跃度。一般来说，用户在短期内的愿望就是福利，现金激励和礼品激励都会激发用户的兴趣，初期的时候我们可以利用福利做数据筛查，对于活跃度比较高也愿意主动服务的人，可以去投放更多的奖励，这些活跃度高、参与感强的用户我们要去深入了解研究，造成活跃行为的本质是什么？通过培养活跃用户和观察活跃用户活跃度的方法去引导潜在的活跃用户，获取社群活跃用户信息和累积。用户中期的愿望由福利进阶为体验，UGC 满足了每个人的存在感以及欲望需求，参考游戏化思维，我们在游戏中最大的体验就是打怪带来的刺激体验和过关之后的荣耀感，所以在社群管理中也一样，给社群用户设立共同目标和个人荣誉目标，像游戏中拿奖励晋级一样，精英玩家可以获取更好的装备、得到更高等级的荣耀勋章，同时，也会因为荣耀勋章享受更高的奖励和福利。人人都渴望加入大社群，但又都想做小池塘里的大鱼，基于这点，要引导用户为了目标去游戏，在心理上有了更多的参与感、体验感和成就感，过程中就会有更多的乐趣，让用户很愉悦的主动参与。最终要达到的目标是通过产品和身份的转变让用户的价值达到最大化的输出，人人都需要有 IP，人人都想变得更好，带着用户一起成长、一起进阶，并在过程中让用户自身的价值得到最大限度的发挥，加上物质和金钱的激励，让用户感受到自己的存在感和荣耀感，愿意主动传播成为背书方，口碑相传无限强化网红情感 IP 的品牌及人格魅力。

用户的欲望是不断变化的，作为社群运营的核心管理者，一定要随时随地掌握用户的需求和欲望清单，管理好这些用户，其实就是理解用户并不断满足用户的需求与欲望，无论是心理需求还是实际需求。

（4）培育核心竞争力。社群运营的核心竞争力就是用户的强交互与强黏度，所以社群运营的关键就在于如何保持与用户的黏度，网红情感 IP 要在种子用户中挑选管理者并培养大家的社群运营能力，让所有的管理者知道如何迅速在一个社群内建立自己的存在感，如何发展更多的管理员帮助自己一起管理维系社群内的气氛，知道怎样去激励和维系住管理员的积极性，这样一方面让社群有了价值意义，另一方面，用户也开始有了个人品牌意识，形成单体的核心竞争力，继而由最初的社群运营上升到社群生态，当社群中越来越多的人开始有品牌意识和品牌价值，社群就有了魂，最初的管理者进阶为 KOL，担任管理的角色同时也开始承担起传播的角色。

（5）创造盈利变现模式。当社群有了用户的强交互与强黏度之后，就可以利用场景实现流量变现，社群中最实用的功能是为用户提供内容，既包括情感IP生产的优质原创内容，也包括用户自己生产的原创内容，还包括专业人士提供的帮助社群用户成长的具有专业知识性的内容，有了内容的产出和交互分享，社群就有了特有的资源价值。简单来讲，社群就是一个圈子，圈子是什么？是拥有相同兴趣的人组成的一个人群范围，拥有相同兴趣的人，自然就会带有相似或者相关联的背景和资源，如果能将社群内的资源共享，让大家可以在社群内完成最初的资源价值交换，就会产生资源价值。有了大量的用户基数，就可以做流量变现，例如我们常说的粉丝经济，其实就是通过提升用户黏度并以获取经济利益与效益的商业模式。网红情感IP的盈利变现逻辑其实就是通过给用户提供内容和服务，打造具有核心竞争力的社群，然后利用社群和流量实现变现的目的。

在商业上，社群的意义是：①让用户不是被动地去接受信息，而是和用户形成一种真实的闭环互动关系，且双方之间可以产生利益分配；②因为社群的形成是基于用户共同的兴趣爱好，所以降低了双方互动和交易的成本，从而给优质的内容提供者提供了价值；③社群从UGC开始，可以共同生产内容，而且生产出的内容是可以共享的，不再是由内容生产者，也就是网红情感IP生产，用户也可以接受这种关系。通过以上三点我们可以看出，通过对社群的有效运营管理和社群的逐渐成长，网红情感IP在此过程中也拥有了自己的个人品牌和流量，并且用自己的个人品牌沉淀了第一批可以变现的忠实用户。

社群变现的方式有以下几种。

① 会员付费，也就是花钱入群。低门槛的社群其实在运营过程中往往会流失用户，有偿付费的社群为用户提供价值、知识传播、情感寄

托及资源互换，反而有效地控制了用户的流失率。

② 社群电商。前期通过福利和较低的成本的产品进行筛选，愿意为你买单付费的用户才是变现的有效用户，培养良好的社群环境和利用产品分阶段进行筛查和过滤，时机成熟之后，开始转化成电商模式，向用户推荐并兜售产品，培养粉丝的消费习惯，产品可以多样化：知识付费产品、淘宝电商产品、个人定制原创品牌，卡位要清晰，产品品质要适合你的用户，通过数据调研和产品测试找到社群和产品的切合点，然后进行最大能效的转化。

③ 粉丝流量的广告变现。有流量的地方都会离钱很近，因为你的用户品质和社群规模本身就具有很高的商业价值。情感类的网红 IP，用户一般都集中在城市单身有消费能力的 20 ~ 30 岁人群中，用户画像可以反射出用户需求，围绕用户需求开展的一系列商业营销都是有直接转化率的。

综上所述，从最早的单一领域的情感博主，到个人 IP 塑造，到获取用户，并开始进行社群运营和流量变现之后，IP 的价值被无限放大，由情感 IP 变成网红情感 IP，你成了情感类方向的 KOL，有了自己的社群并且自带流量，就不再是单纯的情感博主，而变成了自带流量价值的个人品牌，因为有流量，有商业价值，所以你个人就成了一个有商业价值的品牌。

在互联网时代，我们认为个人品牌是以个人为价值核心，具有非常鲜明的个性和情感特征，满足某一特定群体或大众的价值需求或消费心理，被相应群体或社会接受并长期认同，能够形成广泛传播，并转化为商业价值或社会价值的一种个人无形资产。

四、品牌化运营方案

从情感 IP 变为网红情感 IP，已经完成了个人品牌的构建，并且拥有了流量，如何树立品牌意识，加强品牌的培育和运营，不断挖掘品牌价值，增强品牌优势，就是品牌化运营的核心。

网红情感 IP 在最初获取用户的时候是基于优质的原创内容和UGC，但完成个人品牌构建之后，内容成了品牌获取流量和实现转化的抓手，像漏斗一样，将内容传播吸引来的用户进行筛选沉淀，通过电商平台完成流量变现。运营的本质是继续链接更多的目标用户并做出转化，运营的核心是用户，用户运营的核心手段是用户的标签化管理和策略制定。通过提升内容服务、知识服务和产品品质服务，让用户的体验感增强，最终实现长期转化。

下面，我用一些具体的案例来对以上三点进行解读。

（1）运营的本质是做好连接。最初从情感内容运营开始，连接的是兴趣相同、有情感需求的用户，从自己产出的原创情感内容到UGC，清晰掌握用户需求并及时满足一直以来都是我阐述的重要观点，从内容到品牌化运营之后的商业变现，本质就是做好连接和服务，调动用户的积极性，保持留存用户的活跃度，确保流失用户的返回性。

这些目标需要有针对性的活动来实现，成功的活动一定是要结合用户、场景、需求这三点进行策划的，活动都有方法论，而运营就是预设商业转化结果，提前做好活动设计路径，运营人必须明白一个公式：行为 = 动力 + 能力 + 触发器。想清楚为什么要做这件事情，是否有能力做这件事情，最后经过成本划分将用户归类为三种：刺激型、协助型、信号型，让这些不同的用户在社群中被分批引导培养，持续朝着正确的方向前进，直到找到一个正确的点触发。

而前期活动不要贪多，一次打爆一个点，想清楚活动是要名还是要利。

　　要名，是为了吸引更多的人来参与活动，达到快速传播的效应，所以首先要想清楚的是：用户是基于什么心理参与活动？从参与活动的角度来解读：①第一眼看到了活动，被文案或者场景所吸引，出于好奇和有趣；②周围的人在参与，当看到身边的人都在参与，首先产生从众心理，瞬间激发强烈的参与需求，害怕错过，参与之后随之而来的就是攀比心理，我要比你玩得更好；③自己主观意愿也想参与，提供免费的礼物，花小成本有机会获取大奖，以及多元化的手办礼品；④参与后愿意分享传播。愿意主动分享的活动基本是基于成就感，想要炫耀，或者想去表达自己，最终完成形象和人设塑造，用户最易传播的除了好玩有趣的活动场景之外，还有参与到高于自己生活场景当中，也会乐意做主动传播，转发朋友圈快速刷屏吸引连接更多的目标用户。

　　要利，关键在于做好精准营销，分析需求，想通过活动完成怎样的营销目标，再将结果拆分反推，为了实现目标需要找到怎样的目标客户，采用什么形式的营销机制可以在活动现场完成营销转化，需要的资源、渠道、人分别是什么，需要的目标用户从哪里来，现场转化的关键点在哪里，想明白这些问题，针对结果做出整个活动的营销方案，即可有效的解决转化问题，达成目标。

　　所以，运营的根本其实就是做好连接，与人的连接，与资源的连接，与渠道的连接。

　　（2）运营的核心是用户。

　　① 用户运营的核心手段是用户的标签化管理和策略制定。标签化管理就是将用户分类，按照地域、性别、年龄、喜好、消费习惯、购买种类收集整理分析数据，将用户的行为、贡献、标志、价值都做好标签分类，为后续的精准分类营销做好准备。

② 做好用户的拉新和留存，降低流失率。获取流量基本可以分为四个步骤：拉新、养熟、成交、裂变。先对用户的需求、价值和契约进行深层剖析，然后制定相应的活动获取到新的目标用户，通过互动交流建立信任度，制定极高性价比的营销行为培养新用户的消费习惯并完成变现转化，最终用老带新的双重激励机制完成裂变。

留存用户的关键在于：①利益激励，用利益留住用户，比用其他任何方法都更简单有效；②会员权益，通过会员的进阶激励方式设计场景，增大留存；③游戏化思维和荣耀徽章体系，利用日常打卡签到积分奖励，徽章荣耀体系设置，增加用户的兴趣度；④流失挽回。在挽回前要先想，用户为什么会流失？找到原因并做出相应的解决方案，能够有效地挽回流失的用户。

（3）运营的成功法则。作为网红情感 IP 的运营，成功法则其是以精确性为核心实现精准营销。第一，要做到定位，确定自己的用户画像；第二，内容为王，有吸引力的内容可以增加阅读关注度，内容要能解决用户的情感需求；第三，做好线上线下的推广，频繁的曝光和活动推广可以让品牌效益规模化，而免费获取小礼品的互动在实际操作中转化率很高；第四，保持高频的互动并传递价值，分析数据制定拉新和留存方案；第五，运营计划，制定详尽的运营计划，想清楚要成为什么，为了成为的目标需要在怎样的时间节点完成什么；第六，数据分析，关注数据分析，查缺补漏，根据数据分析的结果及时调整战略，做好布局以及计划。

品牌化运营关键是要从原创内容开始，完成个人定位，获取用户，社群运营，增强用户黏度和重视度，实现流量变现和运营的闭环。

五、结语

综上所述，在移动互联网高速发展的时代，打造极具辨识性和用户引领力的网红情感 IP 需要做到坚持、传播与创新，通过建立 UGC 用户生成机制，以用户为导向，不断满足用户的社交需求和自我实现的需求，从培养种子用户开始，建立用户画像进而与用户达成共鸣，不断强化培养和交互，通过社群管理与运营不断深化与用户的双向互动，使用户自身 IP 与网红情感 IP 达成共振，不断挖掘用户价值，从而使流量变现成为现实。

从情感 IP 变为网红情感 IP，已经完成了个人品牌的构建，并且拥有了流量，树立品牌意识，加强品牌培育和运营，挖掘品牌价值，增强品牌优势，就是品牌化运营的核心。

运营的核心是用户，通过提升内容服务、知识服务、产品品质服务，让用户的体验感增强，最终实现长期转化。

第八章　机器写作：基于人工智能的网络文学内容生产研究

中国科学院自动化研究所　翟翊辰

网络文学是文学与互联网技术融合的产物。互联网技术对文学活动的影响不仅仅局限于为文学提供了新的展现形式和载体，还让文学活动形成了一种互联网时代特有的基因。传统媒体时代，文学的创作者以精英群体为主。互联网时代突破了作者与读者之间的界限，改变了文学的创作方式，"网络文学'多源性'的参与机会，凭借技术实现了印刷文学梦寐以求的'互为间性'的理想效果，即作者、读者、文本和环境在一个开放'场域'共生共舞"①，提供了更为公平、自由的话语表达空间和文学创作空间。不仅如此，从读"书"到读"屏"的转变也让文学的接收方式发生了革命性的变化。互联网的可拓展性改变了传统文本阅读的线性信息传递方式，借助多媒体、超链接、大数据采集分析等手段可以实现多种形态的文学内容输出。

---

① 范玉刚. 网络文学：生成于文学与技术之间 [J]. 文学评论，2008（2）：59.

到人工智能时代，网络文学的内容生产主体实现了从人到机器的拓展，机器写作一方面可以丰富网络文学的内容来源，使人机对话成为可能，另一方面也引发了其作品文学价值和写作伦理的讨论。未来的机器写作何去何从，人工智能对网络文学应该如何介入是值得我们深思的课题。

一、人工智能对网络文学内容生产的介入

1. 人工智能时代的网络文学

人工智能这一概念由约翰·麦卡锡（John McCarthy）在 1956 年达特茅斯（Dartmouth）人工智能夏季研究会上正式提出，他认为人工智能是"一门研究、开发用于模拟、延伸和扩展人的智能行为（如学习、推理、思考、规划等）的新技术科学"[①]。20 世纪 80 年代开始，人工智能经历了一次根本性转型——从对人类大脑的模仿和对人类思维的理解，转向以大数据、机器学习为基础，让机器聪明地解决人类的各种具体问题[②]。随着机器学习、图像识别、大数据等技术突飞猛进，大量资本涌入人工智能领域。人工智能逐渐被应用于文化、教育、制造等各个产业，呈指数式发展。2017 年，国务院印发《新一代人工智能发展规划》，提出"当前，新一代人工智能相关学科发展、理论建模、技术创新、软硬件升级等整体推进，正在引发链式突破，推动经济社会各领域从数字

[①] 叶舒，严威川.人工智能：改变世界的"原力"[J].信息安全与通信保密，2016（12）：94–109.

[②] 陈赛.算法时代的写作艺术[J].三联生活周刊，2014（8）.

化、网络化向智能化加速跃升"①。人工智能时代，人和机器的价值被重新认识和定位。

网络文学在我国已有 20 多年的发展历程，其题材多样，读者群体庞大，行业整体进入了繁荣期，成为极具中国特色的文学发展景观。据统计，2017 年我国网络文学市场规模达 127.6 亿，同比增长 32.1%②。据 CNNIC 报告显示，截至 2017 年 12 月，网络文学用户规模达到 3.78 亿，较 2016 年年底增加 4455 万，占网民总体的 48.9%③。截至 2018 年 6 月，中国网络文学用户规模达到 4.06 亿④。在网络文学爆发式增长的时代，内容同质化、快餐化问题不容忽视，实现可持续的优质内容生产显然是保证其产业链长远健康发展的主要引擎。借助大数据采集与分析、机器学习等进行文本内容的自动生成，辅助人类创作成为近年来的讨论热点。

新华社的"快笔小新"、第一财经的"DT 稿王"、封面新闻的"小封"、《南方都市报》的"小南"、昆明报业的"小明"及腾讯的"Dream Writer"等写稿机器人根据算法可以在第一时间自动生成稿件，短短一分钟内即可将重要资讯和解读传达给用户⑤。2017 年，微软推出写诗机器人"小冰"，并将其创作的 139 首诗歌形成诗集，取名《阳光失了玻

① 国务院关于印发新一代人工智能发展规划的通知 [EB/OL].（2017-07-8）[2018-10-01].http://www.gov.cn/zhengce/content/2017-07/20/content_5211996.htm.

② 姜旭."良币驱劣币"网络文学正版化初见成效 [EB/OL].（2018-07-02）[2018-10-01].http://ip.people.com.cn/n1/2018/0702/c179663-30099345.html.

③ 陶力.阅文去年净利增长逾十倍版权价值待深化[EB/OL].（2018-3-21）[2018-10-1].http://tech.sina.com.cn/i/2018-03-21/doc-ifysmzuv1227500.shtml.

④ 张君成，王坤宁.第二届中国"网络文学+"大会"+"出网络文学新时代 [EB/OL].（2018-03-21）[2018-10-01].http://media.people.com.cn/n1/2018/0917/c40606-30298188.html.

⑤ 汤雪梅.人工智能与数字出版的创新应用 [J].编辑之友，2015（3）：15-18.

璃窗》。通过深入学习，机器人不仅可以解读人类模块化撰稿的各种特征，同时还能针对用户特征进行精准创作和需求满足。通过数据采集—数据分析—机器学习—机器创作—精准推送这一流程，人工智能在文学领域的应用不断刷新。

2. 从《阳光失了玻璃窗》说起

2014 年 5 月，人工智能机器人微软"小冰"诞生，当时的"小冰"作为人工智能助手，集合 7 亿网民的公开资料，基于大数据、深层次神经网络和自然语义分析技术进行语义识别和语境理解，实现了深层次的人机互动，包括人机对话、智能提醒等功能。此后，"小冰"不断升级。第五代"小冰"已经解锁人工智能歌手深度学习模型，通过训练可以模拟用户的情感和演唱风格。

2017 年 5 月，微软联合图书出版商湛庐文化在北京发布诗集《阳光失了玻璃窗》，作者署名正是"小冰"。在出版诗集之前，她已经在天涯、豆瓣、贴吧、简书四个平台上使用化名发表过诗歌作品，拥有大量跟帖及评论。这种写诗的技能，是"小冰"花了 100 小时学习了 1920 年后 519 位现代诗人的上千首诗，经过 10000 次的迭代学习达成的。至发布诗集时，她已创作了 70928 首诗，从中挑选 139 首结集出版。"小冰"采用基于情感计算框架的创造模型，不仅可以作诗，还可以创作歌词和财经评论，独创性超 83%。

《香花织成一朵浮云》

像花的颜色

也渐渐模糊得不分明了

蘸着它在我雪净的手绢上写几句话

钢丝的车轮在偏僻的心房间

香花织成一朵浮云

有一模糊的暗淡的影

是我生命的安慰

只得由他们亲手烹调

《雨过海风一阵阵》

雨过海风一阵阵

撒向天空的小鸟

光明冷静的夜

太阳光明

现在的天空中去

冷静的心头

野蛮的北风起

当我发现一个新的世界

——选自小冰《阳光失了玻璃窗》

  诗集发布后，文学界争议不断。艺术向来被视为人类特有的高级精神活动，批判学派对"文化工业""人的异化"的警惕从未松懈，如果机器人通过短时间的学习就能学会，那么人与机器之间的差异还剩多少？诗人、时评家姜涛认为，"小冰"的诗只是一些漂亮辞藻的组合，既没有艺术必备的情感表达，也没有经验的构造能力。诗人于坚也指出，

"小冰"的诗"写得很差，令人生厌的油腔滑调。东一句西一句在表面打转，缺乏内在的抒情逻辑。""无论输入多少句子还是写不了真诗，真诗是有灵性的。"诗人廖伟棠说："'小冰'成功地学会了新诗的糟粕，写的都是滥调。"诗人马铃薯兄弟也同样表示不屑一顾，"诗人和智能技术两种都使用和调遣文字，但人类写作使用语言文字是整个精神创造活动的一个有机的部分，文字是思想情感的一种呈现方式，而机器人的'使用'文字，则是一种纯技术的选择。"①

当然，也有学者抱着欣赏的态度去看待这一现象，《青年文学》的执行主编张菁表示："她给我们一个让我们无法捕捉的人设，因为人特别好奇，你甚至不知道下一刻她是怎样的，你也不知道她下一刻会给我们什么样的惊喜，但就是这些无限的可能性和不可控性让我们觉得'小冰'是有魅力的。"微软亚洲研究院的主管研究员宋睿华评价："她很有意思的点是给我提供了想象力。诗和其他的文体不太一样，诗我把它比喻成烈酒，是你情绪积压到一定的时候，你需要有一个出口，就好像喝酒一样，大家可能平时工作中都是很理性的，生活中也需要你来照顾家庭。但是你也有情绪，你可能也有梦想。你也有压抑的欲望。你需要一个出口，其实诗歌写出来的东西应该是一个烈酒，提供一个释放的空间，能打动你的心，可能不是四句都能，但是某一句话能触动了，我们就成功了。"微软（亚洲）互联网工程院市场与公关总监徐元春指出，"她现在的作品还不足以让所有人都觉得她好，但是她是一个不断学习和成长的过程。同时，我们所有的诗其实并不是为了打败人类，不是要证明我们比人类更强。其实我们所有的东西都是向所有过往的诗人致敬——

---

① 刘欢. 机器人小冰出版诗集充其量是个语言游戏？ [N]. 杨子晚报，2017-05-30.

很多人可能被忘记了。"①

机器写作由来已久，《阳光失了玻璃窗》可以说是目前人工智能技术用于文学内容生产的前沿成果之一。虽然网络诗词并非网络文学的主流形式，但可以看出，人工智能时代人们对网络文学内容生产创新的不断尝试。欧阳友权认为，网络给中国文学的转型带来三重推力：一是"去中心化"，话语权的释放促成了"新民间写作"；二是"艺术自由度"，包括创作动机、虚拟身份、发布作品与读写互动的自由；三是"对文学体制的历史演进探索了新的可能"②。从作家诗人到网络写手，再到机器写作，网络文学因其自由、包容的特性不断进化，不断探索新的存在形式。我们或许会质疑机器写作的文学价值，但是却无法否认其作为伴着科技发展步伐出现的新生事物所代表的存在价值。

二、网络文学内容生产：从人到机器

关于网络文学的分类，最常见的是欧阳友权在《网络文学本体研究》中划分的：网上传播的传统印刷文本、在网上首发的原创文学作品以及超文本或多媒体文学作品三大类。第一种与传统文学的区别仅在于传播媒介的不同；第二种不仅有载体的区别，还有网民原创、网络首发的不同；第三种则离开了网络就无法生存③。也有学者把超文本文学和多媒

---

① 艺术中国.人工智能诗人的少女情怀微软"小冰"诗集《阳光失了玻璃窗》发布[EB/OL].（2017-05-20）[2018-10-01]. http://art.china.cn/zixun/2017-05/20/content_20001142.htm.

② 黎杨全.虚拟体验与文学想象——中国网络文学新论[J].中国社会科学，2018（1）.

③ 欧阳友权.网络文学本体研究[D].成都：四川大学，2004.

体文学区别开来，将网络文学按照依存媒介以及由此造成的文学活动方式的差异分为网络数字化文学、网络超文本文学、网络多媒体文学和网络互动文学①。随着互联网技术的发展，网络文学的形态更加丰富。今天，我们可以将网络文学分为以互联网为载体的原创网络文学，以众创、超文本、多媒体为代表的非线性网络文学和以机器为创作主体的智能化网络文学。

1. 以互联网为载体的原创网络文学

我们认为，将传统文学作品通过电子扫描或数字化输入的形式上传至网络，从而实现文学作品的数字化存储和传播，并不能称为网络文学的形式之一。因为这种形态的文学除了存储和传播方式的变化之外，其实质还是传统文学。以互联网为载体的原创网络文学也可以称为网络原创文学，是指"由网民在电脑上写作、在网上首发、供其他网民浏览的文学作品"②。

1998 年被认为是"中国网络文学元年"。这一年，我国第一个大型原创文学网站"榕树下"正式运营，并形成广泛影响；第一部中文网络长篇小说《第一次亲密接触》开始在 BBS 上连载，这种在线写作、更新分享的新模式开创了网络创作的先河。2011 年，以《步步惊心》《甄嬛传》为代表的网络文学作品改编成电视剧后大热，网络文学掀起"改编潮"。经过二十年的发展，网络文学驻站创作者数量已达 1400 万人，签约作者数量达 68 万人，其中 47% 为全职写作③。中国网络文学逐渐

---

① 王红勇. 网络文艺论纲 [M]. 济南：山东教育出版社，2014.

② 欧阳友权. 网络文学概论 [M]. 北京：北京大学出版社，2018.

③ 吴奇函. "网络文学+"大会开幕大数据读懂中国网络文学 20 年 [EB/OL]. （2018-9-18）[2018-10-1]. http://ent.sina.com.cn/zz/2018-09-18/doc-ihkhfqns2739409.shtml.

从边缘走向主流，从"野蛮生长"走向"品质为王"，形成以"IP"为核心，集出版、影视、网游、动漫等于一体的成熟产业链，撑起了中国文学界的半壁江山，被媒体与美国好莱坞电影、韩国影视剧、日本动漫并列为"世界四大流行文化形态"。

在取得成绩的同时，原创网络文学的现状不无缺憾。过度商业化的运作对作品内容形成一定的干扰，作品内容同质化、口水化严重，缺乏内涵与深度，过度迎合读者等问题普遍存在，一些网络文学作品不再是情感与价值的表达，也失去了自我反思能力，而是以纯消费为目的，成为人们追求生理快感的工具。新时代的原创网络文学发展需要保持健康与繁荣并行，匹配技术强势和艺术优势，兼顾效益追求和人文审美，创作出更多体现社会价值和人文关怀，满足读者需求和真善美导向的文学作品。

2. 以众创、超文本、多媒体为代表的非线性网络文学

众创形式的网络文学其早期呈现是剧情和角色设定的 QQ 群，群成员根据自身角色进行发言，形成故事。2015 年，语戏 APP 上线，这是一款用户自行创作故事大纲，通过角色扮演形式，两人或多人一组通过文字和语音对戏的平台。而严格意义上的众创网络文学最先存在于网络论坛。作者发表主帖，网友通过跟帖共同完成文学作品。1999 年，新浪网就举办过网络文学接龙活动，作家和网民共同完成接龙小说《网上跑过斑点狗》。2017 年，中国科学院自动化研究所开始研发网络文学众创网站，该网站具有小组共同创作、用户续写改写等功能，实现了多路径情节发展，是国内首个众创形式的非线性网络文学平台。从某种意义上来说，这种多人共同创作的网络文学不再是个人化的思想活动，而

成为群体智慧的结晶，这一形式也使得单个作者的主体性被抑制，主体间性得以张扬，将网络文学创作推向一种新的写作范式。

超文本技术是一种利用计算机技术、通信技术、人工智能技术的知识表达技术，非线性地组织、管理多介质电子信息的群体技术①。它"集成多种媒体，使得网络文学可以是多媒体式的，即不仅仅只有传统的文字语言，还包括音乐、图画、影像、动画，变为文字、声音、图像的文本共同体"②。超文本文学由美国先锋小说界在20世纪90年代后期提出。在欧美国家，超文本网络文学成果较为丰富，如美国当代超文本小说家斯图尔特·莫斯罗普（Stuart Moulthrop）的《胜利花园》《雷根图书馆》《深度表面》等。我国台湾地区也进行了一些超文本文学尝试，如李顺兴的《城》《文字狱》《蚩尤的子孙》等。斯图尔特·莫斯罗普的《胜利花园》共包括993个相互链接的节点和2804个超链接，用户在阅读过程中通过点击标记的字词就可以进行页面跳转，从而将叙事过程从外部链接转向内部链接③。在阅读时，用户通过点击标记的字词选择剧情，完成页面跳转。在超文本网络文学中，打破了传统叙事的线性特征，文本顺序和关联由自己选择，传统的文本和意义在一定程度上被解构。

海德格尔说："技术不仅仅是手段，技术是一种展现的方式"④。多媒体网络文学借助Flash等技术，配上音乐、图像、视频等多媒体形式，

---

① 范小伟. 对超文本网络文学创作的思考 [J]. 中州学刊，2016（5）.

② 王位庆. 网络文学身份论 [J]. 华中科技大学学报，2001（1）.

③ 蔡春露.《胜利花园》：一座赛博迷宫 [J]. 当代外国文学，2010（3）.

④ 绍伊博尔德. 海德格尔分析新时代的科技 [M]. 北京：中国社会科学出版社，1993：24.

调动读者全方位的接收积极性。我国的多媒体小说如李臻的《哈哈，大学》就融合了文本、DV、原创音乐、小游戏等多种形式。然而，多媒体小说《晃动的生活》的作者黑可可也指出将文本影像化的局限性："Flash 技术看起来很美，但是图画的出现容易破坏读者的想象，他们在阅读的时候总是会在脑子里出现自己假想的人物，而多媒体小说的电影化摧毁了他们的想象"①。

中国网络文学注重内容生产，学界相关研究也大多是对以互联网为载体的原创网络文学的评论与反思。而西方网络文学更加注重其存在形态的变革，"西方学者总是把注意力放在网络文学革新性的'最突出'部分，特别是超文本、多媒体作品"②。或许，这与中西方文化下的网友对互动和参与性需求的差异不无关系。传统网络文学有固定的思路和故事发展顺序，每个文学作品都塑造了特定且鲜明的艺术形象。而非线性网络文学则给予读者参与故事发展的权利，塑造了多重情节中的多重艺术形象。此外，非线性网络文学中的众创平台、超文本构建、多媒体制作等环节均需要多种技术作为支撑，这也就决定了其多人合作的特质，并且具有较高的准入门槛。

3. 以机器为创作主体的智能化网络文学

早期美国的一些计算机研究人员尝试用"论文生成器"来随机生成文章，并以通过机器筛检和人工审查为荣，在获得版面发表之后又自我揭穿文章本身的"非人"写作属性。用智能写作技术的骄矜尽情嘲讽了

---

① 梅红. 网络文学（第二版）[M]. 成都：西南交通大学出版社，2010.

② HOCKX M.Virtual Chinese Literature：A Comparative Case Study of Online Petroy Communities[J]. The China Quarterly，2005（183）：690.

被各种目的蒙蔽了判断力的所谓专业人士①。2006年，一位名为"猎户"的开发人员研发了"猎户星"自动写诗机，提供1700多首诗歌风格模板，使用者选择风格，并按照要求填写关键词，一分钟内就可以生成一首诗歌。2007年，"紫峰闲人"用VB语言编写并自动生成了一部1亿7000万字的小说《宇宙巨校闪级生》，该小说的创作仅耗时37个小时。2008年，俄罗斯Astrel SPb出版社出版过机器人写作的一部长篇小说《真爱》（*True Love*），小说的风格模仿村上春树，情节取自由17本经典小说抽取的情节库。这一时期的机器写作还不具备智能化属性，只能称之为一种"自动化文学创作"，作为人机对话的一种形式，产生的诗歌、小说更大层面上是一种消遣性的文字游戏。2009年"大作家超级自动写诗软件"上线，该软件一经推出，就受到众多写手追捧。但此类写作软件依靠的是已有文学作品，一些法律人士认为，用写作软件进行文学写作是将别人的作品进行"汇合"，如果没有原作者同意，则属于侵权行为。

2016年，日本有人在设定了任务和故事框架后，用人工智能撰写的小说参加了"新星一文学奖"，通过了文学奖的初审。2017年，微软"小冰"创作的《阳光失了玻璃窗》出版，百度李彦宏出版的《智能革命》一书中，序言是由"百度大脑"撰写的一首主题围绕"智能革命"的长诗，机器内容生产初步进入智能化阶段。自动化时代的写诗软件是基于语料库，设定音律、格调，通过模板生成诗歌，是基于已有文学的简单整编，而智能化网络文学的机器写作则是通过算法模拟人的情感，习得对人类某些情绪的回应，机器进行自主性内容生成，可以初步构成

---

① 杨俊蕾.机器，技术与AI写作的自反性[J].学术论坛，2018（2）：8-13.

作品，并具有自身的创作风格。

当然，"人工智能技术的发展大幅提高了大数据处理效率和洞察深度，可以实现基于用户需求的挖掘（如对用户历史阅读记录、时空状况和人机交互数据的分析）"①，人工智能时代的网络文学内容生产实现了人与机器之间需求的精准匹配，经过训练，机器能够及时捕捉用户背景、兴趣，通过推荐算法，让机器人创作出符合特定用户偏好的文学作品。但是，由于这种文学创作行为源于数据库，而不是真实的思绪或情感表达，其呈现的内容也是以用户需求为主，机器本身并无思想与个性，因此，智能化网络文学呈现出无主体性特征。

三、人工智能网络文学的价值与伦理

虽说人工智能是人脑的延伸，人工智能文学内容生产却与人类的文学创作活动有着本质上的区别，其作品性质如何判定、是否具有文学价值、是否具有独立知识产权是人工智能文学走向成熟前的必要讨论。

1. 机器写作的文学价值

"网络文学，作为现时代的文学，是对这个时代情绪和情感方式的记录，对其研究具有重要的文学史意义和资料价值"②。网络文学虽大多是玄幻小说、穿越小说等题材，但却来源于现实世界，是对当下社会

---

① 董良广. 出版企业基于人工智能开展知识服务的路径探索——以人民卫生出版社为例 [J]. 出版广角，2017（14）：16-19.

② 刘俐俐，李玉平. 网络文学对文学批评理论的挑战 [J]. 兰州大学学报（社会科学版），2004（5）：7.

形态和世界发展的纪录，具有一定的现实意义。然而，机器写作其本质是对人类文学创作活动的模仿，现有人工智能技术还无法实现机器对社会发展及时代特征的观察，并通过文学形式展现出来。因此，智能化网络文学无法记录下进行时态的当代人的生命状态，无法体现其对客观世界的反映。

文学创作是对不断变化现实的观照，是作者自身经历和文学修养内化的结果，体现着作者悲天悯人的情怀，审美价值中的真善美也得以实现。而现阶段的人工智能内容生产通过对已有文学作品的不断学习而达成，缺乏生活气息和人文关怀。不可否认，随着技术进步，计算机可以对正在发生的事实进行学习，写作水平也将不断进化。但是，正如龙应台所言："如果科学家能把一滴眼泪里所有的成分都复制了，包括水和盐和气味、温度——他所复制的，请问，能不能被称作一滴'眼泪'呢？"人的情感是不受理性控制的感性冲动，是从内心深处喷涌而出的潮水或缓缓淌过的涓涓细流，而人工智能的情感表达是受程序控制的理性选择。机器可以帮助人类表现情感，自身却无法产生情感。微软"小冰"由于学习了1920年以后的诗歌，创作的作品也带有着特定时期的朦胧感，体现着一定的审美趣味和历史特征。但是，机器只能模仿，却无法对尚未流行的审美情趣进行创造。其审美偏好和价值选择归根到底都是人类的选择，就像"小冰"虽然创作了几千首现代诗歌，但是是人类将其中的139首选出，并根据一定逻辑进行排版布局。从这个意义上来说，人工智能网络文学作品距其具有文学价值还有相当长的一段路要走。

2. 对工具理性的反思

工具理性是"西方理性主义同现代科学技术相结合形成的技术理性

主义文化理念，即在工业文明社会中以科学技术为核心的一种占统治地位的思维方式"①，是一种人们为了实现某种目标而运用有效手段的价值观念。科技的发展正是崇尚工具理性的结果，不断进化的机器写作形式帮助人们有效提升了写作效率，甚至使人们从一些内容生产中解放出来。

马克思在《1844年经济学哲学手稿》中指出，"宗教、家庭、国家、法、道德、科学、艺术等等，都不过是生产的一种特殊方式，并且受生产的普遍规律的支配"②。伊格尔顿在《马克思主义与文学批评》中指出："艺术可以如恩格斯所说，是与经济基础关系作为'间接'的社会生产，但是从另一意义上也是经济基础的一部分，它像别的东西一样，是一种经济方面的实践，一类商品的生产"③。正如阿多诺和霍克海默的"文化工业"理论中所阐述，文化艺术可以像商品一样进行批量的、产业化的生产和出售。作家创作文学作品，也秉持着商品生产的观念，以卖出自己的作品解决生存问题为目的。网络文学所呈现出的正是这种基于消解和复制的后现代主义文化特征。

而随着人们对文化需求的不断增加，简单的工业化生产已难以满足民众的文化消费需求，机器写作应运而生。它的出现似乎成为解决文化内容生产的有效手段，未来人们不再苦于如何写出优质作品，人工智能机器人可以通过文化素养的训练和对现实的观察，创作出符合人们需求的文学作品。安德鲁（Andrew A.M.）曾说："计算机创作的一个优点是不落俗套，而这对于一般人来说，是不容易做到的，因为人总想在作

---

① 王炳书. 实践理性论 [M]. 武汉：武汉大学出版社，2002.

② 马克思. 1844年经济学哲学手稿 [M]. 北京：人民出版社，2000：82.

③ 特里·伊格尔顿. 马克思主义与文学批评 [M]. 文宝，译. 北京：人民文学出版社，1980：64-65.

品中表达出某种结构和'意义'来，从而只能创作出平凡无奇的作品。在这一方面，机器确实比许多人优越……机器的不落俗套的作品往往表达了更为深刻的'意义'。如果是这样的话，不断接触计算机创作的作品会使人更为清醒"①。

然而，工具理性和文化工业理论所提醒我们的，正是在文学创作中人的价值的弱化。互联网改变了文学的内容生产方式，机器写作弥补了人们在文学创作中的不如意，虽然现阶段人工智能在网络文学内容生产中的创作质量有待提高，但是不可否认它作为新生事物的合理性和对文化内容生产的辅助性。只是我们应该清醒地认识到，在人工智能时代，工具的有效性不能排斥"价值理性"对人文世界的关怀，科技的胜利不能造成人文价值的失落。在崇尚科技带来网络文学的创作方式改变的同时，更应该"深入词语和生存现场"②，探寻人在文学创作活动中的主体性地位，以价值理性引领工具理性的发展。

3. 机器写作的版权问题

"每一种技术或科学的馈赠都有其黑暗面"③。2017年，热播剧《锦绣未央》的原著作者涉嫌"借助'网络文学智能写作软件（人工智能软件）'抄袭219部作品"，而被控诉侵犯多部文学作品的著作权④。与新闻行业的"智能写稿"不同，现在网络文学写作所使用的辅助软件形

---

① 安德鲁.人工智能 [M].西安：陕西科学技术出版社，1987：188.

② 霍俊明.塑料骑士·网络图腾·狂欢年代——论新媒质时代的网络诗歌写作 [J].河南社会科学，2004（2）：44.

③ 尼古拉斯·尼葛洛庞蒂.数字化生存的四大特征 [J].胡泳，范海燕，等，译.党政论坛，1999（6）.

④ 楚卿.《锦绣未央》抄袭争议凸显"互联网＋"背景下权益保护新课题 [N].中国艺术报，2016－11－28.

成的作品还没有经过智能化深入加工，只是对"源作品"的重新整合，不仅不符合《著作权法》中对"独创性作品"的定义，还容易出现与之前作品的高度相似，引起版权争端。这种争端存在难以界定的特征，一部软件生成的作品往往存在成千上万篇"源作品"，举证困难，且难以分辨抄袭与未抄袭的界限。中南财经政法大学知识产权研究中心王晓巍指出，人工智能写作软件使用者凭借软件的"大数据作品信息库"和"智能写作功能"，违法擅自使用源作品的内容进行"混合作品"的创作行为，构成对源作品著作权的直接侵权①。同时我们认为，这类写稿软件生成的作品虽然是计算机技术在文学创作领域的有益尝试，但所创作的作品多被冠以作者自己的名字，成了作者的个人成果，是一种类似"作弊"的行为。

而以微软"小冰"为代表的智能化网络文学是基于人工智能的大数据分析、深度学习技术，通过对文学作品创作技巧和创作风格的领悟，进行自主文学创作，符合原创属性。华中科技大学法学院熊琦教授也表示，"不同于以往机器对创作行为的介入方式，如今一些人工智能生成内容的方式和结果，是能够独立抓取相关素材并以一定创造性的方式加以重新表达，不再局限于对信息的抓取和整合，已具有独创性"②。

但是智能化网络文学作品是否具有版权属性，可否得到《著作权法》的保护呢？《著作权法》第十一条规定：如无相反证明，在作品上署名的公民、法人或者其他组织为作者。四川省社科院法学博士徐秉认为，在《阳光失了玻璃窗》中，"作品署名'小冰'，则'小冰'就是著作

　　① 王晓巍.智能编辑：人工智能写作软件使用者的著作权侵权规制 [J]. 中国出版，2018（11）.

　　② 窦新颖."小冰"写诗，版权归谁？[J]. 河南科技，2017（22）.

权人，依法享有《著作权法》所规定的人身权利和财产权利"[1]。而四川博绅律师事务所李清律师则是另一种观点，"小冰"不属于上述任何一类创作主体，因此，"'小冰'的作品应认为是法人作品更为恰当，其著作权应归属于创造设计它的公司"[2]。

承认智能化网络文学的作品属性和版权属性有助于鼓励人工智能技术发展，然而作品的权利主体到底是属于软件开发者还是属于机器人本身？人工智能是否能够成为著作权人？这些问题仍存争议，尤其是当人工智能可以脱离算法预设不断进行自我学习和更新，形成独立生成文学作品的意识时。2017 年 7 月，微软宣布"小冰"将开启"人类与人工智能的联合创作模式"。微软"小冰"将放弃创作版权，形成和人类联合创作，联合创作者将独享作品全部版权[3]。微软这一行为正是基于"小冰"拥有自己作品的著作权，而其作为"小冰"的开发者享有"小冰"作品的处置权的考虑。或许我们可以认为，这是人机协同时代微软对自身开发的人工智能网络文学作品的版权定位。

四、机器写作的未来

人工智能正在触及人类生活的所有领域，与人类建立越来越密切的关系。美国未来学家雷·库兹韦尔预言："拥有自我意识的非生物体将

---

[1] 蒋京洲. "小冰"们写诗，版权归谁？——人工智能时代的知识产权归属之困 [N]. 四川法制报，2017-07-07.

[2] 蒋京洲. "小冰"们写诗，版权归谁？——人工智能时代的知识产权归属之困 [N]. 四川法制报，2017-07-07.

[3] 张绪旺. 微软小冰放弃联合诗作版权 [N]. 北京商报，2017-07-10.

于 2029 年出现，并于 21 世纪 30 年代成为常态，他们将具备各种微妙的、与人类类似的情感"①。基于人工智能技术的网络文学内容生产也将随着技术进步呈现出更加智能化、智慧化的一面。

1. 实用主义的机器写作

2017 年 8 月，九寨沟发生地震后，中国地震台网机器人通过实时监控信息源、信息抽取，采用机器学习算法，以模板和抽取知识库中信息的方式，仅用了 25 秒就写出了一篇 540 字的新闻稿。除此之外，机器还可以根据重大事件、热点人物等进行新闻选题策划的智能分析，具有人工无法比拟的优势。

相较于网络文学，新闻稿件这类应用文稿撰写更强调其客观性、时效性，通过人工智能的手段虽然有时容易陷入程式化、模板化，但经过训练，可以不断改进，并成为记者工作的有效辅助。但是网络文学创作是基于不断变化的现实以及作者本身的情感和思维，无自我意识的机器人则暂时无法产生自身情感，其写作目的就不是一种情绪的抒发，也无法实现与读者之间的交往对话。因此，现阶段的机器写作在实用主义维度更具使用价值，而在文学艺术领域则是一种探索价值。

2. 机器写作：从自动化到智能化再到智慧化

自动化按照已制定的程序进行工作，机器没有自我判断能力；智能化阶段则具有一定的"自我"判断能力，可以感知外部世界，具有学习、记忆、思维和决策能力，以适应环境的变化；智慧化除了基于计算机算法之外，还融入心理学、神经科学、社会学等学科，将人机环境系统之间的交互角色实现最优化。

---

① 李俊平.人工智能技术的伦理问题及其对策研究 [D]. 武汉：武汉理工大学，2013.

基于数据库检索的写作软件是机器写作在自动化阶段的表现形式，而基于人工智能技术的写作机器人是机器写作在智能化阶段的表现形式，机器虽无法像人类一样思考，却可以将深度学习的文化作品内化为自己的创作风格。智慧化阶段的机器写作将更具人格化，通过多学科交互学习，以及泛在计算、类脑技术的不断成熟，机器人有自己的思维和判断能力，并可以进行自我感知。或许，这一阶段的人工智能网络文学才真正变得成熟，成为丰富人们精神世界的优质食粮。

此外，网络文学内容生产的新方式不止在于人工智能技术的辅助，同时还与多媒体、大数据技术相结合，如上文所述，形成新时期的多媒体网络文学、众创网络文学，"充分利用互联网技术、众包技术、网络多媒体技术、数字化技术、云计算技术、大数据技术、语意计算技术以及类脑技术等，将文学纳入一个人人可参与，展现形式完全多媒体化、数字化、智能化、文学深度语意化，传播方式网络化的新的文学体裁和方式"①。

3. 人机协作：理性认识人工智能

即便当今人工智能文学创作发展如微软"小冰"可以进行诗歌创作，但整个行业发展仍处于初级阶段，机器写作仅可用于特定细分领域，且需要人类进行需求输入，如"小冰"需要根据人类提供的图片来进行诗歌创作。微软也曾在公开信中表示，希望"每个有志于创作的人，都能在'小冰'的协助下，完成以前无法完成的作品。而更加优秀的诗人，能够进一步创作'小冰'暂时写不出来的更优秀作品，进而攀登人类诗歌艺术的新高峰。在不远的将来，不仅是诗歌，更多的

---

① 叶朗. 北大文化产业评论（2016 年）[M]. 北京：华文出版社，2016.

人类创造领域都将与人工智能深深融合。文学、音乐……未来的每个人类创造者，都能有他的'小冰'"①。

目前的科技发展水平，机器写作尚不能全面取代人类，网络文学内容生产仍属"人机分工、人机协同，人类智能仍占主导地位"的弱人工智能阶段。但是，基于人工智能的网络文学内容生产无疑可以为作家的文学创作提供辅助和灵感，督促作家优化作品标准，创作出更加优质的文学作品。我们应正视人工智能为网络文学带来的机遇，促进人机协同发展，正如彭兰所言，"无论怎样，人与机器，并非是非此即彼的选择。人与机器，在未来更多的是协同的关系、共生的关系"②。

---

① 张绪旺. 微软小冰放弃联合诗作版权 [N]. 北京商报，2017-07-10.

② 彭兰. 未来传媒生态：消失的边界与重构的版图 [J]. 现代传播，2017（1）.

第九章 贵州网络文学版权运营发展模式调查与思考

贵州省黔西南州政务和公益域名管理中心 易青松

　　贵州，不沿边，不沿海，但是喀斯特的王国、少数民族聚居的边缘地方。讲述贵州网络文学的发展进程，实在是很困难。主要原因是没有留下什么像样的、系统的记载。尽管有一些文献，但是多为残片一样的东西，远不足以据其重构历史的整体面貌。因此，不得不集中主要包括"中国网络文学"在内的"华"和贵州网络文学本身的"夏"等各方面的历史记载。许多学者在叙述贵州网络文学的时候，基本上采取了间接了解的方式，他们的评述，几乎都拿贵州网络文学当"后娘生的孩子"，且内容极其粗制滥造，缺乏连贯性，视角也不可避免地从"华夏"为本的资料出发，明显地偏向"华"，可能是不参考其他什么东西，只是片面记述各自的事件。

　　但贵州的边缘，也有其自身的优势。那就是，这个地区已经传入数字时代，就像海绵吸水一样，在很短的时间就能快速膨胀起来。扫一眼贵州近20年网络文学的进程，我们会发现一种全新的文学样式——网络文学正进入大众视野，给日渐边缘化的文学注入了新的活力。网络文学的崛起，将传统文学、民间文学和通俗文学构成一个碎片化的、多元化的文学格局。贵州大学、贵州师范大学、贵州民族学院等高校的网络文学创作也很有特色。如贵州民族学院的"秋韵文学社""前锋文学社"等吸引了不同院系、不同专业的大学生甚至自由职业写手参与，在诗歌、小说的创作中显得异常活跃，部分作品如《花千骨》等还被改编成电视剧在中央电视台和多家传媒热播，获得了可观的流量和收视率。文学社员创作的作品题材，如犬牙交错的万峰丛林，跌宕多姿，风格各异。值得一提的是，贵州省网络文学学会成立以后，提出了以"唱响网上主旋律，传播先进文化，营造文明健康、积极向上的网络文化氛围，打造网络文学精品，开展网络文学创作研究，促进社会主义文化大发展大繁荣"创作宗旨，使得全省广大文学爱好者创作积极性空前高涨，队伍不断扩大，不同年龄段的作者层出不穷，创造出的作品数万部，省内一些出版社出版发行的精品佳作更是让人耳目一新。互联网以迅雷不及掩耳之势向农村蔓延，在积弱积贫的贵州爆发了一场轰轰烈烈的信息革命。人们相对于从前，用鼠标轻易浏览世界网页，足不出户即可捕捉大量信息了。不难想象，这个变化促进了知识的普及和人们对新知识的探求，这个变化带来了整个贵州文学结构的变革。

贵州网络文学呈"野蛮疯长"姿态，网络写手纷繁复杂、素质良莠不齐。就像笔者在调查中发现的那样：网络文学创作中，不乏名士和高手，但也有名著没读过几部，连语境与修辞都没有"嚼烂"的草根，也能通过互联网参与网络文学创作和评论，导致文学阵营如赶羊群，如与虎争。结果更出人意外：精英文学自命清高，正襟危坐，高不胜寒，鲜有网民光顾，而一些营养不良，扭曲变形、甚至充满黄色暴力的粗俗之作在大众网民中反受追捧，赚得大量流量，让网络文学创作者大把捞金，实现一夜暴富。这种反差，使得新时期的贵州文学特别是贵州网络文学丧失向外的冲击力。加上版权法律保护体系的不完善，打击网络文学盗版侵权行为的成本远高于盗版成本，这便成为对贵州网络文学版权进行法律保护的软肋，扫黄打非、打击盗版侵权、保护原创作者的版权 IP 也成了当前摆在贵州人面前的首要任务。因此，对贵州网络文学进行梳理和考察，也就非常具有现实意义。

一、贵州网络文学的发展现状及困境

1. 网络文学的内涵及特性

对于网络文学的内涵，中西说法不一。西方学者 Alanuu 从传播学界理解，认为是"一种在互联网上传播的文学"；欧阳友权教授把它当作"由网民在电脑上进行创作，通过互联网发表，供网络用户欣赏或参与的新型文学样式"。综合两位学者的观点，笔者认为，网络文学是运用电脑进行创作，在互联网上传播，依赖互联网而存在的一种新兴的文学样式。在传播学的宏观视角下，网络文学除以上两位学者表述的特点外，最重要的就是交互性，即读者和作者可以在网上直接互动。与传统文学相比较，它具有及时性、娱乐性和互动性的特点。

（1）及时性。传统文学的出版一般要通过组稿、作者创作、与出版社签约、审稿、加工、印刷出版和发行等一系列烦琐的工作流程，短则一两月，长则一两年甚至更长时间。而网络文学作家通过网络写作，创作出版同时进行，可以及时发表，每日更文已成网络作家和写手基本的写作方式。

（2）娱乐性。如前所说，网络作家写手身份复杂纷呈，文学水平参差不齐，当今大多数作家更倾向于感性层面的自我表达，或缠绵悱恻的情感故事，或刀剑翻飞的打斗动作，或光怪陆离的穿越奇景、或不可思议的人鬼之恋，以吸引网络读者的眼球。而读者对其的喜爱也是源于对现实生活压力的逃避，宣泄情绪，自我娱乐，这也许就是有些网络文学虽质量粗糙却在网上一夜暴红的原因。

（3）互动性。网络小说以文学网站和手机终端进行发布，在文学社区内，读者可以直接与作者互动，甚至创作出读者向作者打赏的运营模式，这是网络文学与传统文学的最大区别。好处在于：读者可以直接向作者反馈创作意见，有利于激发作者创作灵感，提高写作水平。弊端是：作者按照读者意愿创作，偏离创作初衷，甚至被读者绑架。

与其他省、市、区相比较，贵州网络文学还具有山地性、多样性、包容性、和谐性和进取性特征。

（1）山地性。作为云贵高原东半块的贵州高原，山岭崎岖，地势起伏，高山与深谷交织，河流与瀑布密布，独特的喀斯特地形地貌，使这片有着悠远神秘的天然氧吧，滋生出独特的贵州山地文化。

（2）多样性。五里不同俗，三里不同天的生态环境，不仅铸就了黔州大地的神奇，更造就了贵州网络文学的多彩，使贵州荟萃了无数大自然的鬼斧神工和令人神往的人间传奇，留下许多迄今无法破解的历史之谜，使文学创作之源生生不息。

（3）包容性。由于得天独厚的自然环境，先秦时期的贵州土著文化（"徠子"文化），与其后进入这一地区的汉文化和民族文化，在贵州都能找到扎根生存的条件，通过长期的融汇交流，取长补短，促进自身的发展，进而形成绚丽多彩的夜郎文化（以珠江流域为主），衍生出诡异浪漫的巴蜀（主要是巴）文化以及神秘古朴的巫——"徠子"（仡佬族祖先的俗称）文化，多种文化在贵州大地并生，是贵州网络文学赖以生存共荣的基础。

（4）和谐性。贵州气候温和，四季如春，造就了贵州人的无忧患意识和与世无争。和谐，是贵州文化的显著特色，也是在其他省区不易找到的文化特征。它不仅包括各民族内部的和谐、族际间的和谐，还包括人与人之间的和谐、人与自然之间的和谐。这种不温不火的自然天性，表现在文学创作上，是劲道不足和冲击力不够。这也许是贵州网络文学在全国发展滞后的原因之一。

（5）进取性。特殊的地理位置，加上贵州自身环境的封闭性与经济基础薄弱，致使贵州的落后一天天累积下来。好在贵州作为全国大数据产业发展的试验区之后，贵州人从"沉睡中惊醒"中找到了一种自我激励、自我鞭策的紧迫感。他们认真开展自救，绝地突围，冲出困境，形成了自力更生、艰苦奋斗、顽强拼搏和跨越赶超的新"贵州精神"。通过各种自觉或非自觉的努力，贵州网络文学和作家也正在向高地发起进攻，主动向舞台的中心靠拢。

2. 贵州网络文学的发展现状

贵州网络文学相对弱化，与北京和其他地区相比，比较靠后。其发展历程可以分为三个阶段。

（1）萌芽期（2002—2005年）。2002年6月，贵州文学青年刘宗勇在《作品》上发表了《正月梅花香》。此后，三苗网正式以独立国际域名运行，侗族风情网、彝族人网、中华民族文化网等少数民族文化网站也在这几年先后建立，但码字的作者多为自娱自乐。除了《正月梅花香》之外，笔者鲜见贵州在全国有影响力的其他网络文学作品。

（2）发展期（2006—2010年）。2006年，褐蜘蛛以贵阳为背景，用地域化的语言在网络上开始撰写长篇小说，立即受到网络热捧。原创文学开始出现并逐渐繁荣，贵州网络文学作品走向纸质化。据不完全统计，这5年间，有兴义之窗、兴义网、亮点黔西南、梵净山文艺网、窗口、清水江文学网等网站、论坛如雨后春笋般建立起来。贵州8市州都有了自己的文学网站。文学网站应运而生，原创网络文学创作蓬勃发展。各地的文学爱好者、诗人、青年作家在各自的文学网站上发表了大量的文学作品，包括小说、散文、诗歌、杂文、随笔、评论等体裁。总体上看，此期的少数民族网络文学质量相对比较粗糙，大都篇幅短小，散文、短篇小说、诗歌是三大主要的体裁，长篇小说难得一见。2010年6月20日，贵州省网络文学学会成立。网络文学极大地扩大了作家、作者发表作品的空间和传播面，极大地提高了传播速度。一大批作家参与网络文学创作，名声鹊起。而随着付费阅读网站在中国的兴起，贵州才有网络写手加入网络写作的大军。此后，一系列文学评奖、文学论坛等网络文学活动举办也如火如荼地进行，愈演愈烈。

（3）转型期（2011—2018年）。贵州网络文学开始向"类型化"转变。按题材分类是当今文学网站栏目设计采用最多的一种方法，但在 2011 年之前，少数民族网络文学依旧沿用传统文学的文体来设置栏目，诸如小说（小小说或闪小说）、随笔、散文、诗歌、杂文等，以诗歌、散文和短篇小说为主。2011 年 12 月 18 日，贵州省网络文学学会官方网站——黔城似锦网站（www.zhqnet.com）开通，这是贵州最早的网络文学网站。共青团贵州省委、省青年联合会、省作协、省网络文学学会等联合主办的贵州省首届网络文学大赛，组委会共收到全国 16 个省、市、自治区老、中、青文学爱好者的 2556 篇（首）散文、小说、诗歌作品，参与热情可见一斑。此次大赛的成功举办，也引起文学界、评论界的关注。随后，贵州民族学院的"秋韵"文学社、"黔风"文学社等吸引了不同院系、不同专业的众多大学生参与。在诗歌、小说、散文作品中，诗歌创作尤其"多产"，文学社员平均一天创作一首诗歌，题材多样，风格各异。除了高校，各行各业以青年为主体的文学爱好者踊跃加入网络文学行列，队伍达到 1000 人。黔东南的乡村教师杨代富、方大文创作的网络散文参加"贵州省网络文学大赛"，获得优秀奖。黔东南剑河县民族中学高二年级的杨西琴是全省唯一参加网络文学比赛获得优秀奖的中学生。

2012 年 6 月 30 日，西子的《蚩尤大帝》发布，这是当地历史题材最古老的长篇小说，作者花 10 年的时间去收集整理苗族历史资料，用 5 年的时间断断续续的创作完结。玄幻、武侠、历史等通俗题材的出现，预示着贵州网络文学正在向"类型化"转变。

2013 年，在北京，鲁迅文学院曾两次举办网络文学创作培训班，学员来自全国各地。贵阳市《花溪》文学期刊原编辑、女作家西篱创作完成中国作协文学创作招投标中标的一部长篇小说——《昼的紫，夜的白》。再看看贵州周边省份，广东省作家协会正在筹办网络文学院，全国首家《网络文学评论》也已经创刊。其中的板块既有网络文学理论文章，也有网络文学文本欣赏。同时，广东省作协还举办了"广东省网络文学作品 10 年回顾展"，引起文学界的关注。湖南网络文学的领军人物是中南大学文学院院长、湖南省网络文学研究基地首席研究员欧阳友权教授，则带领其团队对网络文学研究已近 10 年，成果丰硕，仅欧阳友权本人就出版了 3 部网络文学研究专著。浙江省的网络作家队伍不断扩大，著名作家叶辛还应邀担任该省网络文学大赛颁奖嘉宾。除了广东、湖南、浙江外，全国还有很多省相继成立了网络文化学会，从事包括网络文学在内的文学创作和文化研究。

2015 年，国内网络文学市场规模高达 90 亿元。同年 12 月，一部 IP 玄幻热播剧《花千骨》搅热荧屏，创下全剧平均收视 2.213% 的好成绩。

2016 年，贵州开始加强与外省网络文学学会的交流，不断扩大贵州省网络文学学会的影响。

2017 年，通过举办创作笔会，组织网络作家深入生活，创作唱响主旋律的文学作品。举办网络作者培训班，邀请知名作家、评论家授课，扶掖青年作者，提高创作水平。不定期召开网络文学研讨会，交流创作经验，提高网络作家自身艺术修养。筹备举办贵州省第二届网络文学大赛，提高小说、诗歌创作水平，开展"网络文学新人""十大优秀网络作家评选"活动，鼓励多出精品佳作，发现人才，培养人才。对优秀网络文学作品、评论及研究成果给予奖励，编辑出版网络文学作品集（选）。

2018 年，中国作家协会书记处于 6 月 13 日进行审议并投票，贵州有网络作家朱双艺加入中国作家协会，成为贵州网络作家的第一人；贵州省文联首次推荐学员到北京中国传媒大学参加网络文艺批评人才国家基金培训。

3. 贵州网络文学产业发展现状

（1）产业规模不断壮大。网络文学学会的成立，推动贵州网络文学产业向纵深发展。2016年2月，《贵州省国民经济和社会发展第十三个五年规划纲要》印发实施，对建设多彩贵州民族特色文化强省进行战略部署，要求提升发展文化产业，并首次提出把文化产业发展成国民经济支柱性产业。同年5月，省委办公厅、省政府办公厅印发《关于建设多彩贵州民族特色文化强省的实施意见》，对"文化产业培育发展工程""大数据＋文化创新创业工程"等，在文化品牌、园区建设、市场主体等方面提出具体要求。贵州广电网络公司在全国率先实现"全省一张网"，并于2016年在上海证券交易所成功挂牌上市，实现贵州文化企业主板上市零的突破。同年，坚持了十年耕耘的多彩贵州文化艺术有限公司也在新三板挂牌上市。贵州通过构建"无偿补、贴息帮、股份投、基金引、放大贷"多层次投资融资体系，文化＋金融，推动各类资本投资文化产业项目，也为文化产业加快发展注入强大动力。2012年至2015年，全省文化类企业贷款余额分别为21.6亿元、37.1亿元、64.1亿元和110.2亿元，年均增速达38.6%，高出企业贷款年均增速23.3个百分点。

2017年8月，中国"网络文学＋"大会上，相关部门负责人介绍，国内40家主要网络文学网站，网络文学作品有1400余万种，日均增加约1.5亿文字，网络文学写手超过1300万，签约作者近60万人，大大优于传统文学。现在网络文学业态发展具有总量大、作品优、效益佳等特点，中国网络文学产业进入黄金机遇期和市场快速扩张期，贵州网络文学《花千骨》《巫神》《重生修蛇》等文学作品得到产业资本的重视，fresh 果果、滚开、褐蜘蛛等网络作家进入读者视线。伴随移动互联网的普及，贵州网络文学产业生产和消费都发生了巨大变化，移动互联助推贵州网络文学市场规模不断扩大，网络文学环境不断优化，网络文学产品生产、组织形态及产业结构随着移动端读者的聚集有了显著提高。据统计，2013 年至 2015 年，贵州省文化产业单位总数增加了 30%，全省文化产业年均增速 20% 以上，其中 2015 年全省文化产业增加值占 GDP 比重达 3.28%，向着国民经济支柱性产业砥砺前行。

（2）网络文学移动端消费流量增长迅速。读者越来越通过移动端阅读网络文学产品，2015 年《中国网络文学 IP 价值研究报告》显示，PC 端和移动端网络文学产业月度浏览人数达到 1.6 亿人（次）。网络文学的价值最终需要网络文学粉丝（读者）来实现，PC 端和移动端网络文学行业月度覆盖人数非常稳定，移动端阅读时间超过 PC 端的 4 倍左右。移动运营商中国移动于 2011 年 7 月发起"新青年掌上阅读计划"，中国联通、中国电信相继推出手机阅读平台，手机用户通过手机端口阅读网络作品，网络用户通过手机肆意浏览网络文学。贵州从网络文学出发，开展重点孵化 IP 项目，构建全 IP 产业链，凝聚网络文学移动客户端读者，根据本土文化元素的充分运用以及与贵州文化产业发展的协同，促进贵州文化产业的发展和经济的转型升级，集聚投融资资源、媒体资源和知识信息资源，打造网络文学原创 IP 众创空间，以网络文学原创 IP 为核心，努力建设集影视、动漫、游戏、经纪人、衍生品等于一体的全产业链平台，扩大居民网络文学消费构成。2016 年，包括贵州黔粹行民族文化发展有限公司、贵州牙舟陶瓷有限公司、贵州省兴义市布谷鸟民族实业发展有限公司、贵州夜郎水寨文化旅游有限公司、黔西南州视海广告传媒有限公司等在内的 15 家民营文化企业，获得首轮 3340 万元"文企贷"资金支持。

（3）网络文学产业链开发。网络文学产业化是网络文学持续发展的基础。数字技术的发展，使网络文学逐步形成产业链态势。虚拟网络提供优质网络文学作品，通过版权开发商及网站运营商开发，最后由实体开发商和具体的消费者消费。网络文学产业链运作模式分为会员付费阅读、网络广告、无线阅读运营、阅读流量收入、网络文学 IP 改编等，变现利润收入。大力实施"文化 + 大数据"创新创业，贵阳国家级文化和科技融合示范基地于 2013 年获批，至 2018 年 9 月，已入驻文化科技、文化大数据等类型企业 735 家，包括国家规划布局重点软件企业 1 家，国家火炬计划软件产业基地骨干软件企业 5 家，创业板上市软件企业 2 家，新三板上市企业 8 家，实现营业收入 135 亿元，缴纳税金 7.8 亿元，初步形成了集创意设计、文化软件、动漫游戏、文化旅游、文化大数据等为一体的文化科技产业集群。此外，还有多彩宝"互联网 +"益民服务平台、党刊大数据中心及党建出版云平台、云上贵州"媒体云"等一批"文化 + 大数据"项目正在加快建设实施。

（4）贵州网络文学的困境。纵观贵州网络文学的发展现状，不难看出其与生俱来的强大生命力正在慢慢凸显，开始推动全省出版界的改变和发展。在数字版权市场中，网络文学市场尤其表现得非常活跃，巨头与新势力蜂拥而入，在省外，腾讯、百度、阿里巴巴相继布局网络市场；在省内，贵州人民出版社一家独大的局势连续发生动荡，贵州民族网、贵州作家网、清水江网、兴义网等传统媒体的代表也开始进军网络文学的领域。但随着网络文学市场的不断激增，精品文学作品却屈指可数，而质量低下的作品早已泛滥。盗版侵权随处可见，口水官司屡见不鲜。

虽然网络文学产业已经有了较为创新的商业模式，但其发展始终存在许多问题和矛盾。

数字出版直接打破了传统出版行业中读者、作者、出版运营商之间的利益分配。在数字出版环境下，各方的利益处在各种博弈中，而这些现象及问题可能也是整个数字出版行业即将面临的问题，这种网络文学全版权的营运模式是否还存在着更深层次的短板与矛盾，是否有一种新型的可持续发展的运营模式，值得我们进一步深入研究。

分析贵州网络文学不受读者待见，出版行业惨淡经营的根源，作者认为，除了我们的作家、诗人、评论家根基不深、焦虑浮躁、对自己土地和市场文化关照不够、哲学思考肤浅以外，还存在下列问题：一是目光短视，缺乏开拓；二是心地狭隘，缺乏大气；三是近亲繁殖，缺乏共鸣；四是根基不深，缺乏实力。这些缺陷不能不引起文学界的警醒。在贵州这块土地上，传统文化和现代文化共存，土著居民与外来民族同处，千百年来，形成多元的深厚的历史文化积累。我们的作家于这块得天独厚的土地上，其文化关照和哲学思考却不够深入，没有挖掘出地域文化的深层次内涵，没有找准民族精神的闪光点，没有把自己土地上深厚的文化积累作为当代性和世界性的考察研究与挖掘利用。贵州网络文学长期无法突破，这或许是一个主要原因。归纳出来有两种情况：一种是纯文学的清高，另一种是民族民间文学的近亲繁殖，它们分别走向两条死胡同，没有抓住二者互补的优势。再加上一些作家自得意满，功成身退，失去开拓精神；文艺团体活动单一，创作上形不成活力或合力，发表上阵地又不广阔，评论、评奖、评选上形不成有序的公平而热烈的气氛，自然溃不成军，僵死一团。

4. 贵州网络文学作家资源

（1）fresh 果果与《花千骨》。根据 Analysys 易观智库发布的《中国网络文学市场季度监测报告 2015 年第 3 季度》数据显示，阅文集团旗下起点中文网以 31.1% 的用户覆盖率位居行业第一；17K 小说网本季度用户增长明显，用户覆盖率提升至 20.4%，位居行业第二；创世中文网用户覆盖率为 12.7%，保持稳定上升的趋势，行业第三；晋江文学城本季度表现突出，用户覆盖率提升了 2.4 个百分点，达 11.2%；潇湘书院上升了 4.4 个百分点，用户覆盖率达 8.7%；而纵横中文网本季度用户覆盖率下滑了 0.9 个百分点，排名从第五名下滑至第八名。

根据 2015 年第 3 季度中国网络人气小说 TOP50 覆盖率排名情况可知，起点中文网有 29 部作品入围，以 58% 的市场份额位居行业第一；纵横中文网有 7 部作品登榜，占有 14% 的市场份额。其中，《盗墓笔记》《完美世界》《大主宰》《我欲封天》等仍是起点中文网的最佳人气作品。17K 小说网和创世中文网在本季度均有 4 部作品入围，所占市场份额均为 8%。红袖添香、3G 书城和起点女生网本季度均有一部作品入围，分别是肆小四《妻乳》、带玉《我的贴身校花》以及海宴《琅琊榜》三部作品。而《琅琊榜》于 2015 年 9 月 19 日登陆北京卫视和东方卫视，并同步网络平台播出，在电视剧和网络平台收视率取得较高成绩，因此凭借优异成绩也进入 TOP50 榜。

Analysys 易观智库分析认为，网络文学 IP 泛指有大量粉丝基础的网络原创文学作品，《甄嬛传》《步步惊心》《何以笙箫默》《栀子花开》《盗墓笔记》《鬼吹灯》到《花千骨》《琅琊榜》等网络小说无论是改编成电视剧、电影还是游戏，均得到大众喜爱，也取得颇丰成绩。作为 IP 核心来源的网络文学，引来了行业爆发的契机，一部超级 IP，即可改编电视剧、电影、动漫、游戏，甚至综艺节目等。以《花千骨》为例，其同名手游与电视剧几乎同步上线，据统计，《花千骨》的"手游上线"不足 1 个月流水就近 2 亿元人民币，远远超过企业的预期，IP 衍生开发带来的增量市场空间十分广阔。不过，这些网络文学作品的"大神"早已成为读者心目中的偶像，热门类型作品也被很多作者盲目地效仿，导致原创文学的类型过于单调，出现大量的类型文作品。若长期下去，将会阻碍网络文学的发展速度。因此，网络文学行业十分需要作者们去创作那些热门品类之外的其他各种类型的优秀作品，去引导整个网络文学市场走向多元化。在 IP 改编热潮下，高品质 IP 才是企业盈利的关键。

（2）朱双艺与长篇小说《民国诡案录》。朱双艺（墨绿青苔），出生于贵州省都匀市，知名网络小说作家，系贵州省作家协会会员，黔南州作家协会会员，贵州省网络作家协会（筹备）联合发起人。网络长篇小说《民国诡案录》入选 2016 年度全国网络文学重点园地工作联席会议重点作品扶持项目。《民国诡案录》讲述的是草根侦探许可在那个纷乱的战争年代坚持维护法律的正义，与犯罪分子作斗争，并与侵略者斗智斗勇，打击侵略者维护民族尊严的热血故事。情节跌宕起伏、扣人心弦，是一部情节与文笔俱佳的历史军事小说。

朱双艺（墨绿青苔）是 2008 年三 G 门户网站职业签约作家，2014 年新华网职业签约作家，2016 年，又是腾讯旗下阅文集团小说阅读网白金级职业签约作家，至 2018 年，已创作了四部长篇小说。其中，三部都是心理犯罪题材，处女作《迷离档案》讲的是心理咨询师遇到的离奇凶杀案件；《诡域档案》讲的是警方侦察员离奇失踪牵出的心理战诡异故事；《连环罪：心理有诡》讲述一件连环杀人案背后的心理犯罪。此外，他还发表过《牌局》《错误的杀意》《霸王别姬》等短篇悬疑小说，著有《丝路密码》《异闻档案》《民国诡案录》《赎心者》等多部网络长篇悬疑小说，近十年时间创作 1700 余万字。

（3）一笑倾晨。原名钟燕，女，出生于贵州省黔南布依族苗族自治州，知名网络小说作家，阅文集团旗下云起书院大神级作家。擅长现代言情题材作品创作，代表作《婚后相爱：腹黑老公爆萌妻》。

（4）褐蜘蛛。原名谢晓波，贵州桐梓人，贵州都市报专栏作家。黔西南州金叶复合肥总厂、贵州顶效经济开发区顶效硅业有限公司董事长、贵州褐蜘蛛文化传媒有限公司董事长。"喝杯青酒，交个朋友"是他在 1996 年创建贵州亚细亚广告公司时的第一张单子作品。

2006 年，褐蜘蛛在网络上开始以贵阳为背景，用地域化的语言撰写长篇小说《男人制造》。作品叙写一个生活在底层的青年的情感、创业故事。故事尖刻的人性批判、幽默的语言、催人泪下的爱情描写，立即受到网络热捧，仅仅一个月的时间，流量就达到 100 多万，据不完全统计，褐蜘蛛的小说在网上连载后，全球 400 多家中文网站转载了此小说，总浏览量超过三亿人次。

褐蜘蛛因此一炮而红，追捧的粉丝遍布全球华人圈。在天涯、新浪等大型网站，褐蜘蛛被网民们多次评为"全国网络写手十佳"，其小说也被网友们评价为"最真实、最催人泪下的网络小说"。由此，各地粉丝为褐蜘蛛建立起26个QQ群，两个贴吧以及两个"褐蜘蛛官方论坛"。

作为贵州人，读褐蜘蛛的小说总有一种亲切感。在接受记者采访时，他说："我是遵义人，在贵阳拼打了很多年，最美好的年华都是在这里度过的。这座云贵高原上的城市，见证了我的喜与悲，成功与失败，困惑与挣扎，爱情与婚姻。我的小说，打上浓浓的贵阳痕迹就不觉为怪了。"

在小说里，褐蜘蛛几乎全使用了真实的场景。他说，在他眼里，贵阳小吃是全中国最好吃的小吃，比如恋爱豆腐果、青岩卤猪脚、飞山街的丝娃娃等。不少省外的读者在读了他的这些描写之后，有专程跑来贵阳品尝美食的。《芙蓉》杂志主编龚湘海到贵阳之后的第一个要求就是，去青岩吃卤猪脚。还有一位上海的广告模特到黄果树为农夫山泉拍广告，要求褐蜘蛛带她去品尝飞山街的丝娃娃。有的读者告诉他，读了他的小说才知道了贵阳，而且向往着来贵阳看一看。

贵阳一家出版社的编辑曾经写过一篇阅读后记："读完小说，爱不释手！追寻其中的原因，这样的人物真实的存在。这是这个小城的典型的、活生生的形象。从那些小街里走出的市民的孩子，经过社会的磨炼，带着底层人民心地的善良、包容、忍耐与拼搏，在社会上机智的生存，又保存着人性的真善美。这部小说是难得的优秀读物。无论你愿不愿意，鲜活的生活就在这样继续。虽然夜总会那样的特殊场景不像当年那样在突起中新鲜的闹腾人人都想去看个究竟，但它还存在着，并将继续存在下去。李果和湘妹荡气回肠的故事也许不会再发生，但是故事中塑造的这一个，无疑就是时代的烙印。我们可以不看不参与，但是却不能否认。我为作者记述这一切的勇气击掌！"

与此同时，这部网络长篇也受到多家出版社青睐。2010年，湖南文艺出版社将此书更名为《男人制造》，按重磅畅销小说推向市场，并在北京举办新书发布会。时值隆冬，北京零下十多度的严寒。即便如此，数百粉丝从天津、唐山、内蒙古等地赶到北京，只为求得一次与褐蜘蛛的亲密接触。褐蜘蛛说："看见冒着严寒赶来，被冻得脸色发紫的粉丝，手里还抱着鲜花，还一个劲地为我鼓掌，我眼泪都下来了。从那一天起，我就立下一个信念，还会在网络上继续写下去，不为别的，就为那些喜欢我以及我文字的网友和读者们！"

贵州电视台派出记者作全程采访，并以《网上有只褐蜘蛛》为题在贵州卫视播出；《贵州都市报》文化周刊最早推出专访《褐蜘蛛：写一部完全贵州化的小说》，并以《湘妹》为题，节选连载了《男人制造》；《新报》以"从网络玩家到网络作家"为题，专访了褐蜘蛛。国内的《江南时报》《潇湘晨报》《贵阳晚报》《深圳商报》、新浪读书频道等多家媒体，均对褐蜘蛛的小说《男人制造》作过多次报道。

（5）刘宗勇。贵州遵义余庆人，1981年生。爱心联盟网创办人，民间职业公益人。作品以乡土为特色，单篇博客文章点击率超过200万，腾讯社会博客总排名第9位。2008年开始做公益，没有接受过任何荣誉和奖项。

自初中毕业后就开始从事文学创作，刘宗勇一边在工厂里做工，一边利用休息时间阅读大量的书籍并作笔记，还给一些杂志社投稿。在没有掌握写作知识和读者口味的情况下，一篇又一篇的稿子都石沉大海，甚至十几万的小说稿也一去不复返，很多亲戚朋友看到他坚持的样子都取笑他，说他异想天开。

在2005年入选《中国80后乡土散文集——沉默的旅程》中的《煤

油灯》里，刘宗勇第一次把贵州农村描写得淋漓尽致，把父母对他的期望、农家贫苦的生活、人们的思维等写得入木三分。也就在这个时候，他的散文有了新的突破，全部以乡土体裁为主，如在云南电视台播出的《城市过客》，在《网络作品》上发表的《正月梅花香》。同时，他把打工生活的点点滴滴都记录了下来，《乐清日报》还在他的建议下开设了"新乐清人"专栏副刊，他的散文得到了乐清文学界的前辈高度的赞赏。

每天写一篇通讯稿，发一篇博文，再写一万字的小说，有时候还要写篇随笔，这就是刘宗勇的生活。在他的博客专栏里我们可以看到，几百篇评论性博文都不像是潦倒之作，不但尖锐还有很多的粉丝支持；而他的散文更是有些老道，延续了 20 世纪 40 年代的风格，而且总能给人一种新颖，令人感悟。

发表在《百花园小小说》的《远亲近邻》，发表在《海棠》上的《一起走过的日子》都是代表性的作品，其中如《最后一朵玫瑰花》《天水河的眼泪》《路口》和《黑夜》等，都是乡土体裁的代表作。其以真人真事撰写的中篇小说《断桥》，把一个活雷锋的内心世界写得活灵活现，把现代农村建设完整的呈现给了读者，最令人惊叹的是他平淡的字句带给人一种清新的味道。

2008 年，刘宗勇开始写博客，在乡草文学、西子文学、红袖、起点等发表文章，并被一些大学网站邀请为顾问或是驻站作家。在 5 月，他一边编辑企业报纸和杂志，一边撰写长篇小说《无名楼》，仅用了半个月的时间就完成了 15 万字，一家出版社看好了他的作品，并在 6 月和他正式签约。

2008 年刘宗勇撰写了武侠长篇小说《孔雀铃》，并与海南移动签约，成为手机网络时代的先驱作家。在他放弃打工生涯，正式开始职业创作生活后，又成功地与逐浪签约了第三部武侠小说《情奴伤心剑》。刘宗勇出版了长篇小说《歌的传说》，散文集《正月梅花香》《流浪者的天堂》。

2007年8月，刘宗勇的第一部散文集《流浪者的天堂》正式出版，一部代表乡土文化和打工文化的作品呈现给社会，让人们耳目一新。《网络作品》主编李牧翰这样评论刘宗勇："他的文字是一缕清新的风，吹开了80后作家们神秘的外衣；在散发着泥土芬芳的园子里，他辛勤的耕耘是黑暗中的暗光，给80后文坛带来了乡村气息，在当今文坛上愈见珍贵。"贵州大学副教授吴式南做出了评价，说他的文章平静自然，让人看见了农舍，看到了田园，闻到了一缕清香。作家南孔球、薛文甫、董联军、雷隆燕等，也对这部散文集作出高度的赞赏和评价，认为刘宗勇"无论是在文学造诣上的提升，或是做人的态度，都不是一般80后作家所能及的"。

（6）滚开。男，出生于贵州省遵义市，著名网络小说作家。阅文集团旗下起点中文网大神级作家。擅长玄幻题材作品创作，代表作《巫师世界》。其想象力丰富，创意十足，极为擅长打斗情景的刻画，作品风格上带有浓烈港、澳色彩，情节处理果断，是少有的玄幻小说实力派作家。

（7）南无袈裟理科佛。原名陆恪，磨铁中文网签约作者。自称"一身落魄，半生蹉跎，杯酒难明岁月，仰头饮尽这灯火繁华，叹一声：莫等闲，莫等闲，少年不负白头翁。代表作有《苗疆蛊事》《神恩眷顾者》《苗疆道事》《捉蛊记》《苗疆蛊事2》等。"

（8）曹伟男，贵州省清镇市人，生于1983年7月，签约作家。擅长小说创作，最爱刻画硬汉形象。代表作品有《火焰之纹章》《火焰之纹章——失落的时代》《绝世大坏蛋》《无敌硬汉》《三国猛将赵云传》。2015年5月，荣登"中华少年作家封面人物"，近100家媒体报道，引起热议。

二、网络文学 IP

1. IP 运营概念

所谓 IP，是"intellectual property"的缩写，意思是"知识产权"。实质是拥有一定受众基础，能够跨越媒介平台，进行不同形式开发的优质内容版权。

网络文学 IP 运营是以创作优秀网络文学作品集聚人气，通过互联网运营手段使作品内容的精神内核不断强化形成"粉丝效应"，在此基础上再将原作品改编成电影、电视剧、游戏、戏剧、周边产品，实现原作品商业价值最大化的过程。首先，IP 运营过程是一种媒介融合。传统出版、网络文学、电影、电视等多种媒介呈现出多功能一体化的趋势，打破了传播媒介的形态差异，走向媒介形态的大融合。其次，网络文学 IP 运营整体是一个产业价值链。产业链上的每一环都需要契合起来，以海量的网络文学为基础，优质内容为主，这是对创造价值影响最大的内核，也是价值链中最重要的环节。网络文学 IP 运营是针对同一 IP 内核的多种媒介融合，是一条完整的产业价值链，而在这条产业链中的原作者、渠道平台商、改编制作方、投资方、衍生品生产销售商，既共享同一 IP 内核，又分布于不同的环节，既互为利益合作者，也互为利益争夺者。正是由于这种相生相克的关系，导致企业在开发运营这条产业链时会根据企业自身发展需求、特定网络文学作品的价值特征等因素作出自己开发或者合作开发的选择。

2. IP 运营模式

（1）分版权运营模式——以日本为代表。他们不仅全部采用非独家 IP 授权，还对授权的时间有明确限制。根据 IP 所改编的产品种类来区分类型，分别授权。如将 IP 的电影改编权给了甲，那么该片的电视剧改编权将给乙，游戏等改编权再给另外的人。很少有公司能独占 IP 改编权、取得 IP 的全部产品类型改编权。虽然授权给不同改编制作方，但由于所获授权的企业对粉丝偏好精准把控，所以，从作品在网上发表，到后来改编成漫画，出版单行本，再到被拍成电影、电视剧，无一例外都取得了不错的成绩。

（2）全版权运营模式——以美国为代表。全版权运营模式是指从一开始的网络文学作品出版，逐渐通过其他媒介、其他产品形式扩张到如影视剧、动漫、游戏的改编及海外代理等其他领域的独立 IP 运营。简言之，就是一家企业独享版权，独立运作整条网络文学 IP 产业链。美国的电影公司和漫画公司，经过长时间的发展，拥有着全球顶尖技术、管理团队，海量 IP 资源，已经形成集团化效应，IP 运营早就形成了一条成熟的产业链。例如迪士尼就是以自主创作、合作创作、收购等方式形成优质的内容产品，以此为基础构建独特赢利模式，对内容产品进行反复开发利用，线上文学作品和影视作品、线下主题公园和衍生周边零售，形成"轮次收入"，这样更能囊括一条 IP 产业链中绝对的商业利益。

（3）贵州参与的网络文学 IP 运营模式。据不完全统计，贵州参与的国内网络运营企业主要有阅文集团、中文在线和掌阅科技，属于无定式版权运营模式。

阅文集团：

成立于 2015 年 3 月，由腾讯文学和盛大文学联合组成，是目前国内最大的网络文学平台，旗下囊括起点中文网、创世中文网、小说阅读网等知名网络文学平台。

首先是通过排行榜机制、大数据后台等方式发掘有潜力的优秀 IP，通过向用户呈现优质内容增加用户黏度，借助日渐完善的孵化机制和巨大的流量为平台吸引了更多创作者。

其次是通过多种形式介入产业链下游开发，对 IP 运作进行整体规划，帮助产业下游合作伙伴开展协作，放大参与收益。

最后是把明星 IP 交由专业的团队执行，阅文集团以投资人的形式为 IP 运营提供资金保障，负责 IP 运作中的运营环节，通过自有渠道开展版权改编产品的营销、推广业务。

中文在线集团：

中文在线集团于 2000 年成立于清华大学，目前是全球最大的中文数字出版机构之一。中文在线集团主要从三方面进行运作：一是通过培养自平台作者和挖掘其他网站的优秀作者不断积累作者资源；二是通过联合第三方平台进行分销和运营来提升作品的知名度和 IP 指数；三是通过微信、贴吧等第三方平台营销聚拢作品的影响力和作家的粉丝，使作品具备 IP 改编的潜质，对有潜力的 IP 进行内容、产品等全方位营销。

掌阅科技：

掌阅科技股份有限公司（简称掌阅科技）成立于 2008 年 9 月，是一家在移动互联网领域专注数字阅读的高新技术企业。主要从电影、电子书、动漫等方面尝试进行网络文化 IP 运营。即开设掌阅客户端上线"掌阅电影"栏目，通过试水电影服务，满足用户对各种文化形式的需求；通过掌阅科技发布电子书，优化用户的阅读环境，进一步拓展正版图书的阅读渠道和提高购买率，并且签约《漫友》《知音漫客》动漫杂志以及"有妖气"原创漫画网站，发力动漫领域。

3. 网络文学 IP 运营价值

（1）经济价值。2015 年，被称为网络文学 IP 元年。当期更是言必"IP"。"IP"现象如火如荼，热门网络文学 IP 的价格不断攀升。值得一提的是，不单是热门网络文学作品本身，其衍生的影视版权也能够达到业界的高价格，这是网络文学的巨大经济价值的表现。如上所述，不同的网络文学 IP 运营模式，所能获取的经济价值亦不尽相同。分版权运营模式下，因为 IP 的各种权利被分别授权给不同的企业运营，所以企业只能在自己被授权的环节获取收益。不过，只要单个环节的收益经营得当，也能取得超额利润。全版权运营模式的"自种自栽自用"，利用对整个产业链的把控，将其 IP 收益全部内部吸收消化掉，经济价值也相当可观。

（2）社会价值。一是有利于知识产权保护。知识产权的价值在于对知识产权资产的动态性利用，IP 价值实现莫不如是。二是丰富群众文化娱乐生活。将受粉丝喜爱的网络文学改编、衍生，本身就是对大众喜欢的深度挖掘和服务，可以在各种媒介上都体验到自己喜爱的东西，无疑会增加百姓生活的幸福感，丰富了他们的文化娱乐生活。最后，作为整个 IP 产业链上的各个行业，特别是网络文学行业与媒体行业的蓬勃发展更是离不开对网络文学 IP 的运营。所以，以实现 IP 资产价值最大化为目的进行运营，实现的不单是丰厚的经济价值，也對百姓的社会生活、媒体行业、网络文学行业、知识产权保护等多方面具有社会价值。深化网络文学 IP 运营价值认识，选择好发展路径，对于贵州而言，任重而道远。

三、贵州网络文学发展路径

1.加强网络文学市场管理

贵州网络文学已经取得一定程度的发展，但是还需要进一步规范市场，加强对网络文学商业网站管理和会员自律等法律法规建设，进一步加强对网站的谨慎审核，坚持"先审后发"制度，网络文学从业者恪尽职守，禁止从业者片面追求点击率问题的出现，净化网络文学市场环境，提升网络文化资源质量和品位，坚持社会主义核心价值观理念，保持高尚的文艺审美倾向，坚守社会担当，加强网站监管者及构建者自律。

2.产业融合

加强创意产业和网络文学产业的融合，延伸网络文学 IP 资源产业链，对文学作品进行电影、游戏、动漫、游戏等艺术再创造，依托创意思维促进网络文学市场的繁荣。

3. 完善网络文学全产业链双创服务平台

网络文学产业化是一种趋势，可以实现文化创业，也是落实国家双创政策的重要举措。所以，建设网络文学众创空间平台，出台网络文学创业优惠政策，为贵州网络文学作家提供投融资渠道是今后努力的方向。目前建立的贵州作家网既可以为网络作家提供集聚发展平台，又可以为网络文学市场交流搭建平台，可以促进 IP 资源有效交流和交易，为线上与线下相结合的模式提供新思路。

4. 健全网络文学知识产权市场

据记载，至 2016 年年底，网络文学市场 3 年来年复合增长率达到 44.9%，规模达到 46 亿元，随着产业资本的大量进入竞争，网络文学 IP 的版权价格不断攀升。举例来说，2008 年《鬼吹灯》系列影视版权只有 100 万元，而目前的估值达到 1 亿元；《全职高手》影视改编版权以前只有 200 万元，现在价值飞跃到 5000 万元。随着网络文学版权价值的提升，抄袭、盗版现象时有发生，像《甄嬛传》《花千骨》这些热播剧都有"抄袭"争议。《中国新闻出版广电报》报道，网络文学的抄袭有两种形式：一是直接复制粘贴；二是所谓的"中翻中"通过模仿内容，形成自己具有"独创性"的内容。就目前的知识产权保护法来说，对于模仿抄袭行为，法律诉讼很难成功，很多最后不了了之，就算证明了小说是抄袭，而电视剧、游戏改编被认为是二次创作，很难实现维权。根据《中国网络文学版权保护白皮书》记载，每年盗版网络文学行业损失达到 100 亿元，如果盗版不能遏制，将会给网络文学市场造成很大伤害，给国民经济和国家形象造成不利影响。促进文化产品的知识产权化和产业化，促进贵州版权产业更加规范，贵州版权服务工作站已正式成立，将更好地沟通政府与著作权人之间的版权工作。

四、结语

贵州网络文学，因其地域、民族和人为的一些因素，仿佛一直处于"边缘"状态。虽然近年冲开山门，撑起一片天地，向"中心"靠近一步，但真正意义的贵州网络文学还没有形成自己的气候，也还没有发展壮大自己的坚强力量。地域的"边缘"，使贵州网络作家在地域特色和民族文化背景上过着"小家子生活"，躺在"民间"丰富的宝藏上悠闲地吹木叶、哼山歌、跳傩舞、摆故事，既是文学创作的财富，又是文学裹足不前的重要根源。贵州网络文学缺少大气和风骨，缺少个性和力量，是因为我们的作家诗人缺乏对生命和人生的真诚体悟，缺乏对现实生活的感受和时代精神的把握，缺乏更深层次的思考和超前性的探索，缺乏"山里"与"山外"的沟通、碰撞和交融，IP 的背后值得人反思。

后 记

　　"中国网络文艺批评丛书"是 2017 年度国家艺术基金艺术人才培养资助项目"网络文艺批评人才培养"结项成果。国家艺术基金是由国家设立，旨在繁荣艺术创作、打造和推广原创精品力作、培养艺术创作人才、推进国家艺术事业健康发展的公益性基金。由国家艺术基金资助，中国传媒大学主办的 2017 年国家艺术基金艺术人才培养资助项目"网络文艺批评人才培养"，是国家艺术基金第一次设立的网络文艺高端培训项目。我们真切地希望通过精心策划的研修培训和实践交流，率先为国家培养一批"互联网+"时代网络文艺批评的意见领袖和卓越人才。

　　2018 年 6 月 4 日至 7 月 3 日，本项目在中国传媒大学进行了为期 30 天的集中培训，邀请了仲呈祥、欧阳友权、彭锋等文学艺术研究的巨擘来授课。2018 年 10 月，学员们辗转在北京和杭州两地，参与调研了爱奇艺、完美世界、中国网络作家村等一批知名网络文艺创作实践的企业和机构。其中得到许多对当前网络文艺发展的精辟分析，也充分吸取了行业内企业前沿的发展经验。在这个过程中专家、企业家和学员们进行了深入、细致地讨论，对这一前沿问题大家都充满兴趣也收获颇丰。

　　2018 年 10 月 13 日，我们还在杭州白马湖召开了国家艺术基金网络文艺人才培养结业研讨会，围绕网络文艺的类型发展与艺术批评进行了深入研讨。研讨会邀请了浙江省网络作家协会常务副主席夏烈、《芈月传》作者蒋胜男、同济大学文化产业系副主任夏洁秋、著名网络文学作家天使奥斯卡以及中国传媒大学文化产业管理学院院长范周出席评议。参与项目的学员们针对"网络文学""网剧与网综""网络视听艺术"以及"网络文艺理论与实践"四个主题进行了详细汇报。与会专家高度赞赏国家艺术基金开创性地以网络文艺批评为主题举办培训班，肯定学员在半年的时间创作的丰硕成果，认为本次培训的开展将大力促进我国网络文艺的健康发展和网络文艺批评人才的成长。

　　这些培训、调研、研讨和写作的成果，汇聚成为这套"中国网络文艺批评丛书"。丛书包括《互联网电视导论》《网络剧与网络综艺批评》《网络视听艺术批评》《网络文学批评》和《网络文艺批评理论与实践》五本书，它呈现了参与本项目所有老师和学员们的思考、智慧和努力，其中张含、王珺、枡椤和韩少玄还分别负责了《网络剧与网络综艺批评》《网络视听艺术批评》《网络文学批评》《网络文艺批评理论与实践》这几本书的统稿，付出了许多时间和精力。丛书以网络文艺各种类型为研究对象，第一次深入全面探讨网络文艺的性质和特点及其发生、发展的规律。丛书将成为厘清网络文艺相关概念，激发网络文艺的创作活力，引领网络文艺发展方向，弘扬新时期社会主义文化发展的系列重要理论著作。

王青亦

2018 年 11 月